DMZ
천사의 별 2

DMZ
천사의 별 2

박미연
장편소설

이지북
EZbook

차례

3부 ― 6월 25일 : 5th Day

4부 — 6월 26일 : 6th Day

3부

6월 25일
: 5th Day

땅굴

내내 짙은 안개 속을 걸었다. 용바위가 있는 산꼭대기에서 안개가 흐르는 길을 표시하지 않았다면 헤매다가 길을 잃었을 것이다.

우리는 재경의 배낭 속에 들어 있던 나침반으로 방향을 찾으며 조금씩 전진했다. 최종 목적지에 다가갈수록 안개는 더욱 무겁고 짙어졌다. 각각 다른 곳에서 흘러온 안개가 한 지점으로 모이기 때문인 듯했다.

하지만 더는 안개가 무섭지 않았다. 어디로 가야 하는지 알고 있는 데다가 수분이 많아서인지 가는 동안 나무

열매나 버섯 따위를 많이 발견할 수 있었다. 나는 먹을 수 있는 것을 골라 따서 아이들에게 나눠 주었다. 감자와 물이 떨어진 지 오래였지만 덕분에 조금이나마 기력을 회복할 수 있었다.

그렇게 반나절을 걷고 또 걸었다. 처음에는 뺨을 부드럽게 스치던 산들바람이 이제는 등을 떠밀 정도로 세찬 강풍으로 변했다. 이 바람이 안개를 빨아들이는 모양이었다. 방해전파로 둘러싸여 있고, 안개가 자유자재로 움직이는 DMZ는 마치 누군가 구축한 거대한 시스템 같았다. 그렇다면 이게 단지 몇 명의 반군만으로 가능한 일인지 의문이 들었다. 그런 생각을 하고 있는데 갑자기 해우가 외쳤다.

"저기 좀 봐! 안개가 저 구멍으로 빨려 들어가고 있어."

해우가 손가락으로 가리킨 것은 거대한 동굴이었다. 가까이 가 보니 돌을 쌓아 올려 아치형으로 만든 입구가 보였다. 그 너머로 길이 두 갈래로 나뉘어 있었다. 하나는 안개가 빨려 들어가는 통로였고, 또 하나는 깊이를 알 수 없을 정도로 캄캄한 어둠만이 펼쳐져 있었다.

은성이 긴장한 목소리로 물었다.

"여기가 입구인가 봐. 그런데 둘 중 어느 길로 가야 하지?"

"안개를 빨아들이는 바람이 지금도 이렇게 센데, 더 안쪽으로 가면 똑바로 서 있지도 못할걸. 저긴 사람이 다니는 통로는 아닌 것 같아. 그렇다면 이쪽이 입구겠지."

난 어두운 길 쪽으로 몸을 돌리며 말했다. 저 안에 뭐가 있을지 몰라 무서웠지만, 먼저 한 걸음을 내디뎠다. 아이들도 조심스럽게 내 뒤를 따랐다. 우리는 유일하게 남은 재경의 손전등으로 앞을 비추며 걸어갔다.

회갈색의 벽과 천장은 울퉁불퉁했다. 자연적으로 생긴 동굴이라기보다는 일부러 판 것처럼 보였다. 나는 손으로 벽을 쓸어 보았다. 최근에 만들어진 동굴은 아닌 듯 표면이 매끈했다. 그런데 손끝에 뭔가 살짝 튀어나온 것이 만져졌다. 손전등을 가까이 비춰 보자 'F-12'라는 금속 소재의 표식이 보였다. 오래된 동굴과 최근에 만들어진 것 같은 금속 표식. 이 어울리지 않는 조합에 고개를 갸우뚱하는 순간, 바람을 가르며 무언가가 날아왔다.

발밑에 꽂힌 것은 파란 깃이 달린 화살이었다.

나는 반사적으로 몸을 숙이며 소리쳤다.

"다들 피해!"

갑작스럽게 화살이 내리꽂히자 놀란 아이들이 비명을 질렀다. 도망갈 틈도 없이 다른 화살이 쏟아졌다. 나와 아이들은 바닥에 납작 엎드려야 했다. 날아온 화살은 모두 땅바닥에 꽂혔다. 그러나 얼마 지나지 않아 바닥에 검게 탄 자리를 남기고 화살은 사라졌다. 진짜 화살이 아니라 붉은색의 레이저 빔 화살이었다.

우리를 공격하려는 것이 아니라 움직이지 못하게 하려는 듯했다. 적어도 당장 죽이려는 것은 아니었다. 그걸 깨닫고 고개를 들었지만 이미 검은 마스크로 얼굴을 가린 사람들에게 포위된 뒤였다.

결국 우리는 반항 한 번 해 보지 못하고 허무하게 잡히고 말았다. 바닥에 엎드린 내 앞에 얼굴을 가리지 않은 한 여자가 섰다. 스무 살 안팎으로 보이는 그 여자는 파란 깃의 화살이 담긴 통을 어깨에 메고 있었다. 동굴에서는 최첨단 무기를 사용할 수 있는 모양인지 나머지는 레이저 빔 화살이나 레일건으로 무장하고 있었다.

문득 안개 속에서 본 죽은 늑대가 떠올랐다. 늑대의 심장을 관통한 화살에도 저 파란 깃이 달려 있었다. 화살을 멘 여자는 무릎을 굽혀 우리 얼굴을 가까이에서 들여다보았다. 한 명 한 명 살피다가 내 얼굴을 보고는 흠칫 놀란 눈치였다. 하지만 곧 언제 그랬냐는 듯 무표정으로 돌아오더니, 내 손에 전자 수갑을 채웠다. 거칠게 반항했지만 소용없었다. 나머지 아이들도 꼼짝없이 포박당했다. 이들의 정체를 알 수 없어 겁이 났지만, 적어도 지금 당장 죽이지는 않을 거라는 생각에 용기를 냈다.

"그 파란 화살 깃, 숲에서 본 적 있어요. 늑대를 죽인 게 혹시 그쪽이에요?"

떨리는 목소리로 물었지만, 대답 대신 돌아온 건 눈가리개였다.

그 뒤로는 줄곧 걷기만 했다. 눈가리개 때문에 앞이 보이지 않았고 손은 단단한 전자 수갑으로 묶인 채였다. 어디론가 끌려가는 중이었는데 자주 방향이 바뀌어서 어디쯤인지 전혀 알 수가 없었다. 다만 걸을 때마다 울리는 발소리와 살갗에 닿는 냉기로 미뤄 봤을 때 여전히 지하 동굴 안이라는 것만 짐작할 뿐이었다.

이들이 누구이며 정말 반군이 맞는 건지, 우리를 어디로 데려가려는 건지 아는 것이 전혀 없어 답답했다.

이십여 분쯤 지났을까. 어느 순간 캄캄하기만 하던 눈앞이 희미하게 갈색으로 바뀌었다. 눈가리개를 한 채였는데도 밝은 곳으로 왔다는 걸 느낄 수 있었다.

이렇게 더는 대책 없이 끌려갈 수만은 없었다. 어떤 정보라도 필요했다. 나는 발을 헛디딘 척하며 바닥으로 나동그라졌다. 누군가의 손이 날 일으키려 했지만 난 일부러 더 바닥에 등을 붙이고는 다리를 버둥거렸다.

"쓸데없는 짓 하지 말고 당장 일어나!"

북쪽 억양이 섞인 젊은 여자의 단호한 목소리가 들렸다. 좀 전에 보았던 그 화살 멘 여자인 듯했다.

"누가 그 여자애야? 비슷한 애가 둘인데?"

어디선가 젊은 남자의 목소리가 들려왔다. 차갑고 날카로운 음성이었다. 그런데 비슷한 애라니, 나와 재경을 말하는 건가. 하긴 재경은 나와 키도 체형도 엇비슷했다. 눈까지 가리고 있으니 더 닮아 보일 수도 있겠다 싶었다.

"아, 대장! 곧 데려갈 텐데 왜 여기까지 나오셨어요?"

아까 그 여자의 목소리였다. 친한 사람을 대하는 말투였다. 그보다 대장이라는 말에 귀가 번쩍 뜨였다. 나는 소리가 들리는 쪽으로 고개를 돌렸다.

"꼴사납게 언제까지 바닥에 엎어져 있을 거야?"

피식 비웃는 소리에 자존심이 상했다. 일어나려고 했지만 손이 묶여 쉽지 않았다. 대장이라는 사람의 혀 차는 소리가 들렸고 누군가의 손이 우악스럽게 나를 일으켰다.

"여기까지 온 녀석들은 처음이라 어떻게 생긴 애들인지 궁금하네. 눈가리개 그만 치워 봐."

대장의 말에 눈가리개가 벗겨졌다. 동굴 안인데도 환한 조명 탓인지 눈이 부셨다. 점점 빛에 익숙해지는 내 시야에 들어온 것은 똑바로 날 주시하고 있는 한 남자였다. 삼십대 초반쯤 되어 보이는 남자는 큰 눈과 하얀 피부에 꽤 잘생긴 얼굴이었다. 내가 그를 살피는 것처럼 그도 내 얼굴을 뚫어져라 쳐다보았다. 화살을 멘 여자가 처음 나를 봤을 때 보였던 눈빛과는 비슷한 듯 달랐다. 놀라움 말고도 또 다른 감정이 담긴 듯했다. 그게 뭔지 생각하던 나는 그가 특이하게 생긴 의자에 앉아 있다는 것을 뒤늦게 깨달았다.

튼튼한 검은색 몸체에는 여러 버튼이 달린 손잡이가 있고 은색 바퀴가 달려 있었다. 바퀴는 상황에 따라 크기가 변하는 나노 복합체 소재로 만들어진 듯했다. 그러니까 이건 최신형 휠체어였다. 근육 하나 없이 비쩍 마른 다리가 꽤 오랫동안 휠체어 생활을 했다는 걸 말해 주는 것 같았다. 놀란 내가 다리에서 눈을 떼지 못하자, 그는 한쪽 입술을 삐딱하게 올리며 물었다.

"왜, 반군 대장이 장애인이라 놀랐어?"

이들이 반군인 것은 확실했다. 그런데 정부를 쩔쩔매게 한 반군의 대장이 이렇게 젊을 줄은 몰랐다. 게다가 장애까지 있다니. 머리에 뿔 난 괴물까지는 아니더라도 우락부락한 근육질의 군인을 상상했는데 정말 의외였다.

"그런 거 아니에요."

당황한 나는 얼굴을 붉혔다. 시선을 둘 곳이 없어 고개를 돌리자 회갈색의 돌로 된 천장과 벽이 보였다. 좁은 통로가 아니라 더 넓게 파서 만든 방 같았다. 거기에 최첨단 컴퓨터와 기계들이 쉴 새 없이 돌아가고 있었다. 이곳이 동굴이란 게 믿기지 않을 정도였다.

눈가리개를 벗은 친구들도 잔뜩 겁먹은 얼굴이다. 그 주변을 반군들이 포위하고 있었다. 마스크를 벗은 그들은 모두 스무 살 안팎의 얼굴이었다. 반군 대장을 보고 놀란 것처럼 다른 반군들 역시 내 예상과는 달리 평범한 모습이었다. 이 사람들이 정말 국가에 반역하고, 나라를 파괴할 음모를 꾸미고 있다는 게 믿기지 않았다. 내가 주변을 살피며 이런저런 생각을 하는 동안 대장은 말없이 나만 쳐다보았다.

"대장, 뭘 기다리는 거예요? 제가 물어볼까요?"

화살을 멘 여자 반군이 재촉하자 반군 대장은 그제야 입을 열었다.

"그 전에 확인할 것이 있어."

반군 대장이 휠체어를 움직여 내게 바짝 다가왔다. 온몸을 훑는 듯한 날카로운 눈빛에 긴장한 나는 움찔하며 물었다.

"뭘요? 아까 어떤 여자애를 찾는다고 하던데, 그 얘기인가요?"

"지금 포로 주제에 나한테 질문을 하는 건가?"

대장은 팔짱을 낀 채 코웃음을 쳤다.

"포로라니요?"

"지금 자신이 어떤 처지인지 잘 모르는 모양인데, 너희는 정부군이 보낸 소년병이고 우린 너희를 막아야 하는 반군이야. 적진 한가운데서 사로잡혔으니 당연히 포로지.

너희 생사가 지금 우리 손에 달려 있다는 거 몰라?"

대장의 눈은 섬뜩할 정도로 차가웠다. 우리를 죽일 것 같지 않다는 건 단지 내 착각이었다. 정부군과 반군은 10년째 전쟁 중이었고 반군에게 우리는 적군에 불과했다. 그걸 깨닫자 새삼 공포가 몰려왔다.

반군에게서 '천사의 별'을 찾을 수 있을 거라고 확신했던 게 한심하게 느껴졌다. DMZ에서 가장 무서운 것은 지뢰도 맹수도 아니었다. 최첨단 무기를 들고 있는 반군이었다. 여차하면 '천사의 별'로 이 나라를 통째로 날려 버릴 수도 있지 않은가. 나도 모르게 어깨를 흠칫 떨었다. 그런 내 모습을 보고 반군 대장은 만족한 듯 웃었다.

"뭐, 그렇다고 겁먹을 필요는 없어. 난 너희가 제법 마음에 들거든. '소년들의 날'이 시작된 이후 우리 본부까지 찾은 건 너희가 처음이야. 그래서 말인데, 제안을 하나 하지."

그 말에 두려움이 가득하던 아이들의 얼굴에 조금이나마 화색이 돌았다. 모두 살아남을 수 있는 방법을 꼭 찾겠다고 했던 약속이 생각났다. 가까스로 용기를 끌어모은 나는 마른침을 삼키고 물었다.

"제안이라는 게 뭔데요? 만약 제안을 받아들이면 우릴 살려 줄 건가요?"

"성격이 꽤 급하군. 그 전에 보여 줄 것이 있어. 따라와."

대장은 대답도 기다리지 않고 휠체어를 빙글 돌려 방을 나갔다. 우리가 앞장 선 그를 쫓아가자 반군 몇몇이 감시하듯 뒤따랐다.

통로로 쓰이는 듯한 동굴 길이 곧 펼쳐졌다. 동굴은 미로처럼 길고 복잡하지만, 폭은 2미터 정도로 일정하고 넓었다. 마치 교차로처럼 다른 동굴과 합쳐지기도 했다. 뿐만 아니라 중간중간에 큰 지하 창고로 쓰이는 곳도 여럿 보였다. 이게 진짜 인공 동굴이라면 반군이 언제 이렇게 엄청난 규모의 굴을 팔 수 있었는지 궁금했다. 그러다 갑작스럽게 확 트인 공간이 나타나서 나는 그 자리에 우뚝 서고 말았다. 족히 50명은 모일 수 있을 정도로 넓은 광장이었다.

멈춰 선 나를 돌아보더니 대장이 말했다.

"놀랍지? 여긴 130년 전 전쟁 때 만들어진 땅굴이야. 당시 북한 편으로 참전한 중공군이 엄청난 인원을 동원해 만들었지. 여기에는 창고며 취사장, 참호와 관측소까지 없는 게 없어. 지금은 우리 반군의 요긴한 비밀 요새가 됐고."

나는 그동안 정부가 왜 반군 본부를 찾지 못했는지 알 것 같았다. 설마 땅속에 살고 있을 줄 어느 누가 짐작이나 했을까.

광장을 가로질러 땅굴을 통과하다가 휠체어가 어느 문 앞에 이르자, 대장이 허공에 대고 손짓을 했다. 그러자 도어록 센서가 붉은 선을 쏘며 순식간에 홍채를 스캔했다. 옛날에 만들어진 땅굴에 최첨단 보안 시스템이라니 참 어울리지 않는다고 생각하면서도, 반군이 쏘아 올린 방해전파 때문에 정부군이 접근조차 하지 못하고 있는 걸 보면 당연한가 싶었다.

문이 열리자 나는 새로운 긴장감에 휩싸였다. 콧속으로 파고든 냄새 때문이었다. 숲 냄새였다. 습기를 머금은 흙과 풋풋한 풀의 향기가 이런 지하에서 맡아진다는 게 이상했다.

문 안쪽에는 꽤 넓은 공간이 펼쳐져 있었다. 천장에는 열과 빛을 내뿜는 LED 전등이 빼곡히 달려 있어 눈이 부셨다. 그리고 동굴 벽은 온통 초록이었다. 자세히 보니 숲에서 봤던 이끼가 빽빽하게 덮여 있었다. 이끼에 놀랄 틈도 없이 그 아래 텃밭에서 자라고 있는 작물을 보자, 그저 입을 떡 벌릴 수밖에 없었다. 구역별로 상추와 오이, 가지, 토마토 같은 채소가 무성했고 수박, 포도 같은 과일이 익고 있었다. 달콤한 향을 맡자 입 속에 침이 고였다.

준수와 재경이 들뜬 목소리로 호들갑을 떨었다.

"이게 다 뭐야?"

"저, 저거 다 먹을 수 있는 거 맞지? 홀로그램 아니지?"

손이 묶여 있지 않았다면 금방이라도 달려들어 입에 넣을 기세였다. 나 역시 눈으로 보면서도 믿기지 않았다. 대가뭄이 휩쓸고 지나간 자리에 식물은 자라지 못했다. 채소 역시 최첨단 기술을 갖춘 돔팰리스 안에서만 겨우 재배됐다. 신선한 채소를 먹는 것은 아주 일부의 지배층만 누릴 수 있는 사치였다.

그 황금보다 귀한 채소를 서너 명이 돌보고 있었다. 그들은 낯선 사람들이 들어서자 잠깐 돌아보았을 뿐, 놀란 기색도 없이 다시 텃밭 일에 집중했다. 우리를 감시하며 뒤따라왔던 반군 몇몇이 무기를 내려놓고 텃밭 일에 합류했나. 모두 익숙한 듯 잡초를 뽑고 빨갛게 익은 토마토를

땄다.

뜻밖의 지하 농장에 놀란 나는 무서운 것도 잊고 또다시 질문을 퍼부었다.

"어떻게 이런 땅속에서 식물을 키울 수 있는 거예요? 물은 어디서 끌어오는 거고요? 어떤 방법을 쓰길래 이런 일이 가능하죠?"

연이은 내 질문에도 대장은 아무 말이 없었다. 어린아이 머리만 한 수박을 물끄러미 보더니 고개도 돌리지 않고 말했다.

"안타깝게도 수박이 아직 덜 익었네. 일주일 후면 딱 먹기 좋을 텐데. 여기서도 수박은 정말 귀한 거라 그날 수박 파티를 할 예정이야. 어때, 같이할래?"

순간 나와 아이들은 어리둥절한 얼굴로 서로를 바라보았다. 그 말이 무엇을 의미하는지 가늠할 수 없었다. 일주일 후에 열릴 수박 파티를 같이하자는 건 최소한 일주일은 살려 주겠다는 건가. 아니, 아니다. 우리와 수박이나 나눠 먹자는 이야기는 아닐 것이다. 그럼 아까 말한 그 제안이라는 것이 혹시…….

"설마…… 지금 우리한테 항복하고 반군이 되라는 거

예요?"

"그래, 맞아."

놀란 나는 뒷걸음치며 물었다.

"대체 왜요? 우리가 왜 그 제안을 받아들일 거라고 생각하는 건데요?"

"여기 있으면 더는 갈증으로 고통받지 않아도 되니까. 풍족하지는 않지만 채소와 과일도 먹을 수 있지. 대가뭄이 휩쓴 저 바깥에 비하면 여기는 천국이지 않아? 돔팰리스에 가겠다는 생각만 버리면 여기서 편안하게 살 수 있어."

말을 마친 대장이 눈짓을 하자, 텃밭 일을 하던 한 반군이 깨끗한 물이 든 물병을 가져왔다. 대장은 그 물병을 내게 내밀었다. 아이들의 눈동자가 일순간 흔들리는 게 보였다.

'저 물을 진짜 준다고? 여기 남으면 물을 실컷 마실 수 있는 거야?'

타는 듯한 갈증과 배고픔이 일상이었는데, 그렇게 살지 않아도 된다는 말은 우리 모두에게 너무 달콤했다. 바짝 마른 데다가 거칠고 갈라진 내 피부와 달리 반군들은 확실히 건강해 보였다. 심지어 행복해 보였다. 그렇게 생각하자 미친 듯이 목이 말랐다. 당장이라도 항복하고 저 물을 마시고 싶었다. 자석에 끌리듯 나와 아이들은 대장에게로 조금씩 다가갔다.

분열

"하지만!"

나를 멈춘 것은 해우였다. 해우는 눈을 부릅뜨고 반군 대장을 노려보았다.

"바깥에 있는 내 동생은요? 성진이 할머니는요? 다른 사람들이야 어떻게 되든 말든, 나 혼자만 잘 먹고 잘살면 된다는 거예요?"

해우가 숨을 거칠게 내쉬며 화를 냈다. 정신이 번쩍 들었다. 그렇다. 난 엄마를 구하려고 온갖 위험을 무릅쓰며 여기까지 온 게 아닌가. 저들의 진짜 속셈이 뭔지는 알 수 없지만, 여기서 얼빠져 있을 수는 없었다. 반드시 '천사의 별'을 찾아서 엄마를 구해야 한다. 입술을 꽉 깨문 채 나는 대장이 쥐고 있는 물병을 손으로 세게 탁 쳤다. 그러는 바람에 물병이 바닥으로 떨어졌고, 안에 들어 있던 물이 죄다 쏟아졌다.

나는 있는 힘껏 대장을 쏘아보며 소리쳤다.

"이런 걸로 유혹하면 넘어갈 줄 알았어요? 내가 반군이나 되려고 몇 번이나 죽을 고비를 넘기면서 여기 온 줄 알아요?"

그는 흔들림 없는 표정으로 허리를 숙여 물병을 집어 들었다.

"그렇다고 이 아까운 물을 버리면 쓰나? 네가 그러지 않았으면 친구들은 지금쯤 이 물로 목을 축였을지도 모르는데 말이야."

그 말에 나는 내 옆에 서 있는 아이들을 쳐다보았다. 아이들은 아쉽기도 하고 원망하는 것도 같은 복잡한 표정이었다. 해우만이 잘했다는 듯 내게 고개를 끄덕여 주었다. 아이들이 더 흔들리기 전에 무슨 수를 내야 했다.

그때 어디선가 전자음이 들렸다. 그러자 텃밭을 가꾸

던 사람들이 벌떡 일어나 문 쪽으로 바쁘게 걸어갔다. 잠시 후 텃밭 가까이에 있는 벽에서 길고 가느다란 은색 파이프 수십 개가 튀어나왔다. 파이프에는 수많은 구멍이 미세하게 뚫려 있는지 안개 같은 수증기가 분사됐다. 놀라운 광경에 두 눈이 휘둥그레졌다.

대장은 우리를 둘러보며 말했다.

"아까 물었지? 어떻게 땅굴에서 식물을 키우냐고. 이게 그 답이야."

아이들의 얼굴에 감탄이 떠오르자 대장은 그 틈을 놓치지 않고 덧붙였다.

"우리와 함께하면 물 걱정은 안 해도 된다는 게 무슨 의미인지, 이제는 이해가 되지?"

그러고 보니 DMZ에서 발생한 안개를 따라 여기까지 온 것이 생각났다. 어쩌면 이 땅굴에는 안개를 끌어당기는 어떤 장치가 있을지도 모른다. 왜 DMZ에서만 안개가 생기는지는 여전히 수수께끼지만.

그때 문득 뿌연 수증기 속에서 반짝 빛나는 것이 보였다. 레일건이었다. 반군 중 하나가 서둘러 자리를 피하느라 놓고 간 모양이었다. 어떻게든 저걸 손에 넣어야 한다.

그러자면 반군들의 시선을 돌릴 만한 무언가가 필요했다. 고민하던 내 눈에 수증기를 내뿜고 있는 은색 파이프가 들어왔다.

더 생각하지 않고 나는 그쪽으로 몸을 날렸다. 그러고는 있는 힘을 다해 전자 수갑에 묶인 손으로 파이프를 잡아당겼다. 파이프가 뽑힌 구멍에서 물이 분수처럼 솟구쳤다. 사방으로 흩뿌려진 물 덕분에 시야가 가려졌다. 나를 막으려던 반군들이 주춤했다. 몇몇은 고함을 치며 망가진 파이프를 막기 위해 동동거렸다.

나는 혼란한 틈을 타 텃밭으로 뛰어들어 레일건을 손에 쥐었다. 그리고 곧바로 몸을 돌려 대장에게 뛰어가 그의 머리에 레일건을 겨누며 소리쳤다.

"대장을 살리고 싶으면 다들 움직이지 마!"

여자 반군이 자신의 활을 천천히 내리며 다른 반군들에게도 무기를 거두라고 지시했다. 해우와 아이들이 빠르게 내 뒤로 다가왔다. 그 순간에도 대장은 눈 하나 깜빡하지 않았다. 너무 침착한 모습에 도리어 겁이 났지만 망설일 틈은 없었다. 호랑이굴에서 살아남으려면 정신을 바짝 차려야 한다.

나는 레일건을 대장의 이마에 바짝 들이댔다. 손이 떨리는 것을 감추기 위해 두 손에 힘을 꽉 주었다.

"항복이니 뭐니 그런 쓸데없는 말 다 치우고 '천사의 별'이 어디 있는지나 말해. 우린 그것만 가지고 나갈 거야. '천사의 별'이 있으면 돔팰리스에서 살 수 있는데, 이깟 땅굴이 뭐가 부럽겠어?"

냉정하려 했지만 말하다 보니 목소리가 점점 높아졌다.

"게다가 언제 정부군이 공격할지 모르니까 매 순간 공포에 떨며 살아야 하잖아. 당신들, 생존자가 적다고 들었는데 혹시 정부군과 싸울 사람이 필요한 거 아니야? 그럼 반군이나 정부군이나 다를 게 뭐야. 우릴 이용하려는 건 똑같잖아."

엄마를 인질 삼아 나를 감옥에 보낸 서찬열 중령도, 돔팰리스 거주권을 내세워 우리를 DMZ 숲으로 밀어 넣은 정부도, 같은 편이 되라고 회유하는 반군도 죄다 자기 이익을 위해 우리를 이용하려는 사람들이었다.

그런데 잔뜩 흥분한 나와 달리 대장은 흔들림이 없었다. 그는 한쪽 입가를 비틀며 냉정하게 말했다.

"너 '천사의 별'이 뭔지는 알고 내놓으라는 거야? 아니,

그보다 그걸 찾는다고 해도 누가 가져갈 거지? 최종 우승자는 한 명뿐인데 너희는 다섯 명이잖아."

"그, 그건 어떻게든 방법을 찾을 거야. 함께할 수 있는……."

허를 찔린 내가 당황하며 말을 더듬자, 대장은 고개를 가로저었다.

"누구나 처음에는 다 그렇게 말하지, 안 그래?"

대장의 질문에 고개를 끄덕인 건 여자 반군이었다.

"예전의 저를 보는 것 같네요."

여자 반군이 한숨을 내쉬자, 대장이 말을 이었다.

"여기 부대장도 종신형을 받은 소년범이었어. 4년 전, 두 번째 '소년들의 날'에 참가했지. 친구에게 배신당해 죽어 가던 이 친구를 내가 구해 줬고."

나는 너무 놀라 입을 다물 수가 없었다. 부대장은 그럴 줄 알았다는 얼굴로 차분하게 입을 열었다.

"그땐 내가 순진하게도 둘이 같이 '천사의 별'을 찾자던 말을 믿었어. 결국 배신당하고 말았지만. 그게 아니었더라도 함께 살아남는 방법 따위는 없어. 여기 와서 정부군이 했던 말이 다 가짜라는 걸 알게 됐거든. '천사의 별'이

무시무시한 무기라는 것도, 반군들이 악랄한 반역자라는 것도 다 거짓말이야. 우리를 속인 정부군이 하는 약속 따위 믿을 수 없었어. 그래서 여기 남기로 한 거야. 여긴 적어도 물과 식량 그리고 희망이 있으니까. 저 아이들도 다 마찬가지야."

부대장이 팔을 들어 반군들을 가리켰다.

'그랬구나. 그래서 다들 우리와 비슷한 나이로 보인 거였어.'

반군 대부분이 실은 '소년들의 날'에서 살아남은 생존자였다니, 뜻밖의 사실에 머리가 어지러웠다. 혼란스러움에 레일건을 쥐고 있는 내 손이 살짝 흔들렸고, 대장은 그 틈을 놓치지 않았다. 그는 버튼을 눌러 휠체어를 후진시켰다. 휠체어 뒤에 서서 총을 겨누고 있던 나는 휠체어에 강하게 부딪혀 비틀거렸다.

내가 겨우 중심을 잡고 고개를 들었을 땐 이미 반군들이 나와 아이들을 포위한 뒤였다. 부대장의 말에 정신이 팔려서 다른 반군들이 뒤쪽으로 다가온 걸 눈치채지 못한 탓이었다. 우리는 몇 발짝 나가지도 못하고 다시 잡히고 말았다.

대장은 내가 떨어뜨린 레일건을 줍고 나를 쏘아보았다.

"적진 한가운데서 너 혼자 날뛴다고 '천사의 별'을 가질 수 있을 줄 알았어? 이렇게 무모하다니 실망인걸."

나는 아무 말도 할 수 없었다. 고개를 숙인 나를 보며 대장이 말을 이었다.

"내 제안을 거절한 건 너야. 모두 사로잡혔으니 여섯 번째 '소년들의 날'도 실패로 끝나겠네. 어차피 돌아가는 사람이 없으면 정부군도 포기하고 내년을 준비할 거야. 우리도 그때까지는 다시 시간을 버는 거고. 올해는 한 명도 반군에 가담하지 않겠다니 아쉽네. 여기까지 온 걸 보니 역대급 참가자들인 것 같은데."

마지막 말은 귀에 들어오지도 않았다. 정부가 우리를 포기할 거라는 말만이 머릿속에 울렸다.

'그러면 엄마를 구하는 것도, 돔팰리스도 모두 허사가 되는 걸까. 우리는 어떻게 되는 걸까.'

덜컥 겁이 났다.

"그럼 저 애들은 이제 어떻게 할까요?"

부대장이 우리를 가리키며 묻자 대장은 미간을 찌푸렸다.

"일단 가둬 놔. 반군에 합류하는 걸 거절한 녀석들은 처음이라 어떻게 할지 고민해 봐야겠어. 어쨌든 우리의 정확한 위치를 알게 된 이상 그냥 살려 보낼 순 없어."

그 말에 죽을지도 모른다는 공포가 현실로 다가왔다. 다리에 힘이 풀려 주저앉을 것만 같았다. 지금이라도 항복하고 나중에 탈출 기회를 엿보면 어떨까 싶었다. 하지만 자기를 죽이려고 레일건을 들이밀었던 나를 받아 줄지, 게다가 그 기회란 것을 언제 잡을 수 있을지 알 수 없었다. 서찬열 중령이 그때까지 날 기다려 준다는 보장도 없었고.

망설이는 사이 지시를 받은 반군들이 우리를 끌고 나갔다. 길을 알 수 없게 하려는 건지 그들은 우리에게 다시 눈가리개를 씌웠다. 또다시 어딘지 알 수 없는 곳으로 끌려가다가 한참 만에 멈추었다.

반군이 눈가리개를 풀어 주자 뜻밖의 광경이 펼쳐졌다. 우리는 사방이 금속으로 된 방 한가운데 서 있었다. 가구나 집기류가 아무것도 없는 텅 빈 방이었다. 높은 천장에는 감시 카메라가 달렸는지 빨간 불빛이 깜빡였다. 출입문은 아까 지하 농장처럼 등록된 홍채로만 열리는 모양이었다.

"여긴 얼마 전에 감시 시스템을 업그레이드한 곳이야. 생체인식 카메라도 있으니까 딴짓할 생각은 하지 마."

반군 하나가 을러대고는 금속 방을 나갔다. 마침내 우리끼리 남게 되자 긴장이 풀렸는지 다들 그 자리에 털썩 주저앉았다.

앞으로 어떻게 될지 모른다는 불안감 때문인지 한동안 누구도 말을 꺼내지 않았다. 그러나 시간이 지날수록, 정적보다 더 괴로운 건 미칠 것 같은 갈증과 허기였다. 오늘 아침 산속에서 열매를 조금 따 먹은 것 외에는 거의 먹지 못했다. 아까 바닥에 흘려 버린 물이 자꾸만 떠올랐다. 엎지른 내가 이런데 다른 아이들을 오죽할까 싶었다. 혹시 나를 원망하는 건 아닐까 하는 걱정 때문에 마음이 불편했다.

나는 물 생각을 지우기 위해 일어서서 방을 살폈다. 자동으로 열리는 문을 제외하면 어떤 틈도 없이 매끈한 금속이었다. 여기저기 만져 보았지만 싸늘한 감촉만 느껴질 뿐이었다. 반군의 말 그대로 빠져나갈 구석은 전혀 보이지 않았다.

내가 한숨을 내쉬며 자리에 앉자, 은성이 나를 보며 울 것 같은 목소리로 말했다.

"이제 어쩌지? 정말 우릴 죽이려는 걸까?"

"반군 대장이 우리를 살려서 보낼 수 없다고 했잖아. 돔 팰리스는 고사하고 감옥에도 다시 갈 수 없다는 거야. 감옥이 그립다는 생각을 하게 될 줄은 몰랐어."

준수의 침울한 목소리에 다시 침묵이 흘렀다.

아까부터 구석에서 초조하게 머리칼을 쥐어뜯던 재경이 문득 고개를 들었다. 불안한 기색이 역력했다.

"어떻게 여기까지 왔는데…… 여기서 죽을 순 없어. 있잖아, 우리 그냥 항복하면 안 될까? 반군이 된다고 하면 살려 줄 거잖아. 여기서 사는 것도 나쁘지 않아 보였어. 아니, 어딜 가도 이만한 곳이 있겠어? 여기에는 물도 있고, 먹을 것이 있잖아. 그러니까……."

얼굴이 붉어진 해우가 별안간 목소리를 높였다.

"넌 먹을 것만 있으면 아무 상관 없다는 거야? 난 꼭 '천사의 별'을 찾아야 해. 찾아서 날 기다리고 있는 동생에게로 돌아갈 거라고. 게다가 태기 형은 지금도 혼자 체육관에 있단 말이야. 나 혼자 살겠다고 그들을 버릴 순 없어."

재경은 어이없다는 얼굴로 맞받아쳤다.

"우릴 싹 다 죽인다잖아. 가족이고 약속이고 죽으면 그게 다 무슨 소용이냐고, 안 그래? 권이담 넌 어떻게 생각해?"

갑자기 재경이 돌아보며 내게 묻자 당황스러웠다. 다른 아이들도 일제히 나를 쳐다보았다.

나는 망설이다가 입을 열었다.

"재경이 네 말대로 일단 살아남아야지. 그 말이 맞아. 하지만 난 해우의 마음도 이해가 가. 군인이 아니라 화가로 살고 싶다는 준수의 꿈도. 그러니까 나는 둘 다 포기하지 않을 생각이야."

"도대체 무슨 수로?"

"어떻게든 탈출할 방법을 생각해 봐야지."

"지금 여기서 탈출이 가능할 거라고 생각해?"

"솔직히…… 아직은 잘 모르겠어. 좀 전에 살펴봤지만 빠져나갈 틈이 전혀 없어. 하지만 반군 대장의 태도로 봐서는 우리를 당장 어떻게 할 생각은 아닌 것 같아. 기다리면 분명히 기회가 생길 거야."

"결국 지금은 아무 방법도 없다는 얘기잖아."

재경은 실망한 듯 고개를 돌렸다. 기대에 찬 눈빛으로 나를 쳐다보던 은성과 준수도 마찬가지였다.

"이담이한테만 그러지 말고, 다 같이 생각해 보자. 우리가 함께 머리를 맞대면 좋은 수가 생각날……."

재경이 해우의 말을 자르며 벌떡 일어났다.

"너희는 처음부터 친했으니까 서로 믿음이 대단한가 본데, 난 아니야. 세진이가 그렇게 죽지만 않았어도 난 너희랑 같이 안 왔어. 살고 싶어서 따라온 거였는데, 기껏 여기까지 와서 죽기를 기다리라는 거야? 살아날 방법이 있는데도?"

발악하듯 소리치던 재경은 가쁜 숨을 몰아쉬었다. 그러더니 나를 똑바로 쳐다보았다.

"세진이가 왜 같이 살아남을 방법을 찾겠다던 네 말에 흔들렸는지 알아?"

갑작스러운 질문에 당황스러웠다. 하지만 내게 대답을 바란 건 아닌지 재경은 곧바로 말을 이었다.

"세진이와 나는 같은 꿈을 꾸었기 때문이야. 언젠가 세진이가 그러더라. '소년들의 날'에서 우승하면 돔팰리스의 아이들처럼 멋신 교복을 입고 학교에 다니고 싶다고. 처음에는 시시한 소원이라고 생각했는데 나도 모르게 세진이랑 같이 학교에 다니는 미래를 상상하게 됐어. 어차피 우승자는 한 명뿐인데도 말이야. 세진이가 둘이 같이 '천사의 별'을 찾았다고 우겨 보자고 하니까 말도 안 된다고 생각하면서도 기대했었나 봐. 이담이 네가 같이 살아날 방법을 찾겠다고 했을 때, 그래서 세진이가 흔들렸던 거야. 그 때문에…… 결국 죽고 말았지만."

재경의 목소리는 내내 떨렸다.

정말 그런 방법이 있냐고 되묻던 세진의 눈동자가 떠올라 울컥했다. 그런 한편 학교에 다니고 싶다는 평범한 꿈이 이제는 목숨을 걸지 않으면 이룰 수 없다는 현실에 슬프고 화가 났다. 하지만 내가 느끼는 이 감정은 재경에게 비할 바는 아닐 것이다. 가장 친한 친구의 죽음을 눈앞에서 봐야 했던 재경에게 어떤 말이 위로가 될까.

눈가가 붉어진 재경은 우리를 둘러보며 다시 말했다.

"이제 와서 꿈이고 뭐고 그런 게 다 무슨 소용이야! 세진이는 죽어 버렸고, 이제는 내가 죽을지도 모르는데."

그 말을 끝으로 재경은 울음을 터뜨렸다. 어깨를 들썩이며 우는 재경을 보며 무슨 말을 해야 좋을지 몰랐다.

다른 아이들도 어쩔 줄 모르겠는지 바닥만 쳐다보았다. 눈이 빨개질 정도로 울던 재경은 갑자기 몸을 일으켰다. 그러더니 손등으로 눈가를 세게 비볐다.

"난 지금이라도 항복할 거야. 반군이든 뭐든 일단 살아야겠어."

그리고 재경은 문 쪽으로 달려가 두 손으로 단단한 금속 문을 두드리기 시작했다. 주먹이 새빨개질 때까지 연신 문을 두드리면서 소리를 마구 질러 댔다. 하지만 철벽 같은 문은 좀처럼 열리지 않았다. 재경도 지쳤는지 문에 등을 기댄 채 쪼그리고 앉았다.

"난 살고 싶어. 그게 소년병이든 반군이든 상관없어."

재경은 반쯤 넋이 나간 듯 무릎에 얼굴을 묻고 살고 싶다는 말을 중얼거렸다. 그건 여기 있는 모두가 마찬가지였다. 나도 미치게 살고 싶었다. 그러니까 그 마음으로 탈출할 방법을 찾아보자고 말하려는 순간, 스르륵 문이 자동으로 열렸다.

문 앞에는 반군들과 대장이 서 있었다. 그의 차가운 시선에 온몸이 얼어붙는 것 같았다.

질문

"무슨 일이지?"

묻는 대장의 손에는 일부러 준비한 것처럼 물 한 병이 들려 있었다. 재경은 바짝 마른 입술로 입맛을 다셨다. 그러더니 조급한 얼굴로 대답했다.

"전 여기 남고 싶어요! 반군이 되고 싶다고요. 뭐든지 잘할 수 있어요. 분명 도움이 될 거예요."

대장은 별다른 말 없이 재경에게 물병을 건넸다. 재경은 허겁지겁 물을 마셨다. 물이 목을 타고 넘어가는 소리가 너무 유혹적이었다. 이제야 살 것 같다는 얼굴로 재경이 뒤를 돌아보았다.

"너희도 같이 가자. 여기서 이대로 끝나도 좋아?"

재경은 준수와 은성을 빤히 보며 물었다. 나와 해우에게는 말해 봐야 통하지 않을 거라고 생각한 듯했다. 둘의 눈빛이 고민하는 듯 흔들렸다.

대장은 그런 우리를 지켜보더니 팔짱을 끼고 말했다.

"결정을 빨리 내리는 게 좋을 거야. 날이 밝는 대로 여기 남아 있는 녀석들은 숲으로 추방하기로 했으니까. 그땐 맹수를 막아 줄 화살도, 길을 알려 줄 암호도 없을 거다. 출발 지점으로 돌아가려면 지뢰밭도 통과해야겠지. 정말 운이 좋아 그 모든 걸 다 해낸다고 하더라도, 정부군이 빈손으로 돌아온 낙오자를 살려 줄지는 모르겠지만."

직접 처형하지 않는다는 건 다행이었지만, 맨손으로 숲에서 살아남는 것은 거의 불가능했다. 이건 죽으라고 등을 떠미는 거나 마찬가지였다. 대장이 말을 내뱉을 때마다 움찔움찔하던 준수는 마침내 떨리는 목소리로 자기도 반군이 되겠다고 했다. 그러자 은성도 버티지 못하고 다급한 걸음으로 대장에게 다가갔다.

"은싱아! 설마 포기하려는 건 아니지? 무슨 수를 써서라도 꼭 돔팰리스로 돌아가겠다고 했잖아. 너 때문에 시민 등급이 떨어진 가족을 제자리로 되돌려 놓는 게 목표라며. 가족이 보고 싶지 않은 거야?"

놀란 내가 은성을 불렀지만, 은성은 고개를 숙였다.

"미안해. 하지만 나도 일단 살고 싶어."

기어들어 가는 목소리로 대꾸하며 나를 외면하는 은성을 더는 붙잡을 수 없었다.

문가에 서 있던 부대장이 준수와 은성에게도 물을 건넸다. 둘은 물병을 빼앗길세라 꽉 쥐고는 급하게 물을 마셨다. 그러다 문득 나와 해우에게 미안했던지 슬그머니 물병을 내렸다.

대장이 손짓하자 반군들이 다가와 아이들의 전자 수갑을 풀어 주었다. 대신 오른쪽 손목에 은색 팔찌 같은 것을 채웠다. 위치 추적기라고 했다. 항복하는 척하다가 뒤통수를 칠 수도 있지 않겠냐며, 완전히 믿을 수 있을 때까지는 차고 있어야 한다고 했다. 아이들은 살짝 당황한 표정이었지만 이내 고개를 끄덕였다.

반군 대장은 구석에 우두커니 앉아 있는 나와 해우를 보며 말했다.

"너희는 왜 끝까지 쓸데없는 고집을 부리는 거야? 둘이서 뭘 할 수 있다고."

나는 해우까지 항복할까 봐 너무 두려웠다. 하지만 해우는 아랫입술을 꽉 깨문 채 고개를 돌렸다. 대장은 꼼짝도 하지 않는 나와 해우를 향해 야릇한 미소를 지었다. 저 미소 뒤에 뭘 숨기고 있는지, 대장의 속내를 짐작조차 할 수 없었다. 정말 알 수 없는 사람이라고 생각하다가 문득 아까 들었던 말 중 이상한 부분이 있다는 걸 깨달았다.

나는 휠체어를 돌린 대장을 불러 세웠다.

"잠깐만요! 아까 그 말이요. 그거 무슨 뜻이에요?"

"무슨 말?"

"이번에는 맹수를 막아 줄 화살도, 길을 알려 줄 암호도 없을 거라는 말이요. 그럼 우리가 여길 찾아 올 수 있도록 암호도 숨겨 놓고, 맹수도 죽여 줬다는 거예요? 그 말은 우리를 내내 지켜보고 있었다는 거잖아요?"

내 질문에 대장은 아무렇지 않게 고개를 끄덕였다.

"응. 맞아."

뜻밖의 사실에 머리가 어지러웠다. 텅 빈 마을에서 봤던 그림자며, 안개 계곡과 학교에서 본 정체 모를 실루엣이 모두 반군이었다니. 하지만 곧이어 의문이 생겼다.

"반군이 될 아이들이 필요했다면…… 그렇게 많이 죽기 전에 구해 주면 좋았잖아요."

내 말에 냉정해 보이기만 했던 그가 당황한 듯 머뭇거렸다. 마치 죄책감을 느끼는 것처럼 시선을 내리깔았다. 그러자 뒤에 서 있던 부대장이 화난 것처럼 목소리를 높였다.

"우리라고 DMZ를 마음대로 돌아다닐 수 있는 건 아니야. 방해전파 증폭기가 있는 범위 안에서만 활동할 수 있다고. 그리고……."

뭔가를 더 말하려는 부대장을, 대장이 손을 들어 막았다. 그가 날 똑바로 쳐다보았다. 조금 전의 망설임은 싹 지운 듯 다시 냉담한 눈길이었다.

"나 역시 아이들의 희생을 막고 싶지만 그렇다고 모든 참가자를 다 구할 수는 없어. 반군이 소년들을 구해 준다는 걸 정부군이 알게 되면 그걸 이용하려 할 테니까. 그러니까 우리는 정부에게도 너희에게도 두려운 대상이어야 해. 너희는 이곳까지 왔으니까 이런 얘기를 들을 수 있는 거고."

잠시 말을 멈춘 대장은 미간을 찌푸렸다.

"아무튼 그 덕분에 숲에서 살아남은 우수한 아이들이 반군이 됐어. 우리에게 대항하기 위해 만든 '소년들의 날'이 결과적으로는 반군에게 도움이 된다는 게 아이러니하지 않아?"

대장의 말에 가슴이 서늘해졌다. '천사의 별'이 대체 무엇이기에 정부는 이런 끔찍한 짓을 벌이는 걸까. 게다가 변명을 잔뜩 늘어놓는 반군도 위선적인 건 마찬가지였다. '소년들의 날'에 반대하면서 적극적으로 구해 주지는 않는다니.

지금도 마찬가지였다. 반군이 되는 건 각자의 선택이라지만 따르지 않으면 숲으로 추방하겠다는 말의 의미는 하나였다. 반군이 될 게 아니라면 죽어도 상관없다는 것이다.

그걸 알면서도 나는 다른 가능성을 포기할 수 없었다. 그건 위치 추적기를 달고서는 절대로 할 수 없는 일이었다. 어떻게든 나는 탈출할 거고, '천사의 별'을 찾을 거다.

내가 아무 말도 하지 않자, 대장은 질문은 이게 다냐고 물었다. 내가 퉁명스럽게 고개를 끄덕이자 그는 등을 돌렸다. 그렇게 가 버리나 했는데 돌연 휠체어를 멈춰 세우고 한마디를 내뱉었다.

"정말 중요한 질문이 뭔지 모르는군."

"네? 그게 무슨……."

"DMZ에 첫발을 들였을 때 가장 먼저 떠올린 질문이 있을 텐데."

순간 머리를 세게 얻어맞은 것처럼 멍한 기분이 들었다. 내가 놓친 질문이 뭔지 다급하게 생각해 봤지만 떠오르는 건 없었다. 허둥대는 나를 내려다보던 대장은 무표정한 얼굴로 문 앞에서 물러났다. 마침내 다시 문이 닫히고, 모두가 멀어졌다.

그제야 나와 해우 단둘이 남았다는 것이 실감 났다. 처음 참가할 때는 스무 명이었는데, 이젠 경쟁자가 줄어들어 기뻐해야 할지 친구를 잃어 슬퍼해야 할지 알 수 없었다.

시간은 계속 흘러갔다. 땅굴 속이라 낮인지 밤인지도 알 수 없었다. 갈증과 허기가 점점 더 격렬해지니 그만큼 시간이 지났나 하고 짐작할 뿐이었다. 그동안 대장이 한 질문이 무엇인지 고민해 봤지만 짚이는 게 없어 막막하기만 했다.

기운 없이 벽에 기대 있는 내게 해우가 바짝 마른 입술을 떼며 물었다.

"이제 어떻게 할 거야?"

"뭘 말이야?"

"이대로 포기할 생각은 아니잖아? 그러니까 위치 추적기도 안 단 거고."

"솔직히 잘 모르겠어. 하지만 어떻게든 탈출을 해야지. 네 말대로 구해야 할 소중한 사람들이 있으니까."

내 말에 해우가 잠시 망설이는 듯하더니 이내 입을 열었다.

"네게도 구해야 할 사람이 있는 거야? 그 사람이 네 목숨만큼이나 소중해?"

그건 한 번도 생각해 보지 못한 질문이었다. 엄마니까 당연히 구해야 한다고만 생각했다. 만일 내가 납치됐다면 엄마는 목숨을 걸고서라도 나를 구했을 테니까. 아빠 없이 단둘이 지낸 지난 십여 년의 시간처럼. 엄마는 나를 살리느라 지명수배자가 됐고, 단 한순간도 편히 쉰 적이 없었다. DMZ 철조망 앞에서 서찬열 중령에게 잡힌 것도 따지고 보면 내게 먹일 물을 구하기 위해서였다. 그런데 어떻게 나 혼자 살자고 엄마를 포기할 수 있을까?

나는 해우의 질문에 천천히 그러나 분명하게 대답했다.

"응, 있어."

"그게 누군지 물어도 돼? 지금까지 넌 네 얘기를 한 번도 안 했잖아."

서찬열 중령이 자신과의 거래를 절대 발설하지 말라고 했지만 더는 숨기기 싫었다. 아니, 해우에게만은 말하고 싶었다. 나는 의문이 가득 담긴 해우의 눈을 바라보며 내가 왜 감옥에 왔는지, 왜 '천사의 별'을 꼭 찾아야 하는지에 대해 빠짐없이 이야기했다. 듣는 내내 해우는 눈썹을 잔뜩 찡그렸고 때로는 한숨을 쉬었다.

"그런 엄청난 비밀을 가지고 여기까지 온 거였구나. 이담이 너 많이 힘들었겠다."

갑자기 가슴속에서 뜨거운 덩어리가 울컥 올라왔다. 그동안 누구한테도 말할 수 없었고, 기댈 곳도 없었다. 두렵고 외로워도 혼자 견뎌야 했다. 그런데 힘들었겠다는 말 한마디에 약해지지 않기 위해 쌓아 올렸던 높고 단단한 벽이 조금씩 허물어지는 것 같았다. 머릿속에서 빨간 경고등이 미친 듯이 깜빡였다. 하지만 해우는 조금 더 다가왔다.

"이담아, 우리 약속하자."

"약속이라니?"

"너 그때 나한테 물어봤잖아. 네가 실패하면 대신 해 줄 수 있겠냐고 했던 거 말이야. 그게 뭔지 이제 알았으니까 혹시라도 그럴 일이 생기면 너 대신 엄마를 구해 줄게."

그렇게 말하는 해우의 눈빛이 너무 진지해서 웃음이 났다.

"됐어. 안 해 줘도 돼. 이미 너에겐 대신 들어줘야 하는 소원이 너무 많잖아."

내가 일부러 씩씩하게 말하자, 해우가 고개를 세차게 저었다.

"아니. 내 말 끝까지 들어 봐. 만약 내가 실패하면 네가 내 소원을 들어주는 거야. 내 동생도 찾고, 성진이 할머니도 병원에 모셔 가고, 태기 형 소원도……."

"뭐야, 그러면 내가 너무 손해잖아. 내 소원은 하나뿐인데."

내가 피식 웃었다. 해우는 눈도 깜박이지 않고 날 뚫어셔라 쳐다보았다.

"넌 반드시 우승할 거야. 내가 그렇게 되게 해 줄 거야. 꼭."

그 말에 조금씩 허물어지던 벽이 와르르 무너졌다. 폭주하던 빨간 경고등도 마침내 꺼지고 말았다. 사실 알고 있었다. 오래전부터 벽이 무너지기 시작했고, 그 자리에 해우가 조금씩 자리 잡고 있었다는 것을. 애써 외면하고 있던 마음을 이제는 마주 봐야 한다는 것을 말이다.

"됐으니까, 멍청한 소리 하지 마."

내가 얼굴을 붉히며 소리치자, 해우의 눈썹이 아래로 처졌다. 내가 약속하지 않겠다고 생각한 건지 해우는 의기소침해졌다.

"누구 대신은 없어. 자기 소원은 자기가 이루는 거야. 왜냐하면 우리 둘 다 살아서 이 숲을 나갈 거니까. 난 반드시 엄마도 구하고 그리고……."

막상 입 밖으로 말을 꺼내려고 하니 심장이 몹시 두근거렸다. 나는 침을 꿀꺽 삼키고는 해우의 얼굴을 보았다.

"해우 너도 잃지 않을 거야."

해우가 기쁜 듯 눈을 한껏 휘며 웃었다. 덩치만 큰 순한 강아지 같았다. 전자 수갑을 차고 있지 않았다면 손을 들어 머리를 마구 흩뜨려 주고 싶었다.

문득 해우의 머리를 흩뜨리던 태기 오빠가 떠올랐다. 그러자 우리에게 시간이 별로 없다는 절박함이 되살아났다. 이러고 있을 시간이 없었다. 어떻게든 여기서 빠져나가야 한다.

이 방은 아까 확인했을 때 어떤 빈틈도 없이 견고했다. 물리적인 힘으로 나갈 수 없다는 것은 확실해 보였다. 그렇다면 대장과 협상하는 수밖에 없다. 협상이라는 단어 때문인지 해우가 시영에게 감자를 주고, 지뢰탐지기를 함께 쓸 수 있었던 것이 떠올랐다. 시영에게 감자가 필요했듯이, 대장에게 필요한 것은 뭘까?

천천히 생각을 곱씹던 중, 처음 만났을 때 그가 했던 말이 되살아났다. 나와 재경 중 누가 '그 여자애'인지 물었던 것을 보면 분명히 찾고 있는 여자애가 있는 듯했다. 서찬열 중령이 했던 '너라면 할 수 있을 거야'라는 말, 엄마와 내가 쓰던 모스부호로 된 암호, 버려진 마을에서 발견한 엄마의 것과 모양이 같은 펜던트. 그 모든 것이 그 여자애가 나라고 말하는 것 같았다. 그렇게 생각하자 온몸에 소름이 돋았나.

나는 묶인 손으로 간신히 주머니에 넣어 놨던 펜던트를 꺼냈다. 그걸 꼭 쥐었다 손가락을 펼치자 펜던트는 파랗게 빛이 났다. 두 눈이 휘둥그레진 해우에게 엄마의 것과 똑같이 생긴 이 펜던트를 손에 넣게 된 과정을 간단하게 말했다. 해우는 놀란 듯했지만, 곧 진지한 얼굴로 물었다.

"누가 펜던트를 거기 가져다 놓은 걸까?"

"아마도 반군이 아닐까 싶어. 계곡부터 줄곧 우리를 감시했다고 했으니까. 하지만 그보다 왜 하필 펜던트지? 대체 이게 뭐길래 거기 둔 걸까?"

나는 이마를 긁적이며 펜던트를 자세히 들여다보았다. 솔잎처럼 사방으로 뻗친 뾰족뾰족한 잎이 달렸고, 위에서 보면 꼭 별처럼 보이는 모양. 틀림없이 어디서 본 듯한 모양인데 퍼뜩 떠오르지 않았다.

이마를 잔뜩 찡그린 나를 보며 해우가 조심스럽게 입을 열었다.

"나도 아까부터 대장이 말한 그 질문이 뭘까 생각해 봤는데 말이야. 문득 DMZ에 들어와서 가장 이상한 점인데 너무 당연해서 놓친 질문이 생각났어."

"뭐? 그게 뭔데?"

"왜 DMZ에만 물이 있냐는 거야. 왜 여기에만 계곡이 있고, 식물이 자라고, 동물이 있을까? 온 세상이 황무지로 변했는데 어떻게 그게 가능하지? 사실 그게 가장 이상한 거 아니야?"

해우의 말이 맞다. 반군이 안개를 끌어들이는 시스템이 있다는 것은 눈으로 목격했으니까 알 수 있었다. 하지만 비가 오지 않는 대가뭄의 시대에 안개는 어울리지 않았다. 나는 지금까지 거쳐 온 곳 중 안개가 유독 많은 곳을 떠올려 보았다. 대번에 용늪이 생각났다. 그때 기억을 되살려 보다가 갑자기 벼락처럼 답이 떠올랐다.

"맙소사, 이끼였어!"

내가 벌떡 일어나며 외치자 해우가 어리둥절한 표정으로 되물었다.

"이끼라니?"

"이 펜던트 말이야. 어디서 많이 본 모양이라고 생각했는데 이끼 모양이었어. 아까 본 지하 농장의 벽을 빽빽하게 덮은 이끼랑 같아. 여기 오기 전에 세진이가 빠졌던 용늪 있잖아. 거기서도 이 펜던트의 모양과 똑같은 이끼가 잔뜩 깔린 걸 봤어. 이렇게 높은 산에 어디서 물이 공급되길래 늪이 있는 걸까 싶어서 바닥을 자세히 살폈거든. 게다가 우리 안개 낀 산에서 방향을 잃고 헤맸었잖아."

"그랬지. 나무 밑동에 있는 이끼를 보고 방향을 찾았잖아……. 참, 거기도 이끼가 있었네?"

"응. 아마 우리가 처음 계곡에서 안개 속을 헤맬 때도 겁먹어서 보지 못했을 뿐 이끼는 있었을 거야. 한마디로 물이 있는 곳마다 이 이끼가 있었던 거지."

해우는 그 순간을 떠올려 보는 것처럼 눈을 위로 치켜뜨고는 고개를 끄덕였다. 대화를 하다 보니 엉켜 있던 생각이 하나씩 풀리는 것 같았다. 그리고 그 생각은 하나의 결론으로 향했다.

"이건 내 생각인데, 물이 있는 곳에 이끼가 있는 것이 아니라 이끼가 있는 곳에 물이 있는 건지도 몰라. 아무래도 이 이끼가 DMZ에만 물이 존재하는 비밀인 것 같아."

딱딱 맞아떨어지는 가설에 흥분해서 목소리가 저절로 높아졌다.

"그러니까 네 말은 이 펜던트가 이끼 모양이고 네 엄마가 똑같은 걸 가지고 있었다는 거야? 그럼 너희 엄마는 이끼나 반군과 관련이 있는 걸까?"

"그건 잘 모르겠어. 하지만 엄마는 DMZ에 물이 있다는 건 알고 있었어. 그래서 날 데리고 DMZ로 들어가려다가 군인들에게 잡힌 거야. 어떤 식으로든 연결돼 있지 않을까?"

그 후로도 이것저것 가설을 세워 봤지만 더는 진전이 없었다. 어떻게 한낱 이끼로 그 많은 물을 저장하고 식물을 키워 내는 건지, 어째서 펜던트는 이끼 모양이고 왜 그것을 내게 전달하려던 건지 전혀 감이 잡히지 않았다. 지금까지 알아낸 것으로는 할 수 있는 게 아무것도 없었다.

이대로라면 정말 숲으로 추방당하는 게 아닐까 하는 걱정이 밀려들었다. 해우도 비슷한 생각인지 말이 없었다. 기운이 빠진 내가 바닥에 벌러덩 눕자 해우가 내 옆에 따라 누웠다. 여기가 차가운 금속 방이 아니라 투명한 계곡이면 얼마나 좋을까. 물장구치고 마음껏 웃던 그때가 해우와 함께한 시간 중 가장 좋았다.

하지만 쉴 새 없이 깜빡이는 감시 카메라의 붉은 불빛이 우리가 갇혀 있다는 걸 상기시켜 주었다.

내 시선을 따라 천장을 보던 해우가 갑자기 벌떡 일어나 앉았다.

"좋은 생각이 났어. 저 감시 카메라를 이용하자."

"뭐? 감시 카메라를 어떻게?"

"반군이 감시를 계속하고 있다면 감시 카메라에 이상이 생겼을 때 달려오지 않을까? 누군가 문을 열 때, 그때를 노리는 거지."

말을 끝낸 해우는 곧바로 한쪽 무릎을 바닥에 꿇고는 허리를 숙였다. 무슨 의미인지 알아챈 나는 싱긋 웃으며 일어났다. 그러고는 해우의 어깨에 올라탔다. 무겁지 않을까 걱정했지만 해우는 나를 목말 태운 채 가뿐하게 일어섰다. 키가 큰 덕분인지 높게만 느껴지던 천장에 손끝이 닿았다.

"좀 더 왼쪽으로, 아니 조금만 가라니까. 이제 뒤로 반보만 물러날래? 그래, 거기!"

해우는 내가 말하는 대로 움직였고, 감시 카메라가 있는 위치에 정확히 섰다. 나는 보란 듯이 카메라를 향해 가운뎃손가락을 올리고는, 전자 수갑의 가장 두꺼운 부분으로 카메라 렌즈를 힘껏 올려 쳤다. 렌즈는 말 그대로 박살이 났다. 뭔가 후련한 기분이 들었다.

나와 해우는 문을 사이에 두고 벽에 바짝 붙었다. 이제

곧 누군가 달려와 문을 열 것이다. 그 찰나의 순간을 놓쳐 서는 안 된다. 긴장한 탓에 두 다리에 힘이 잔뜩 들어갔다. 심장이 미친 듯이 뛰었다.

탈출

잔뜩 긴장한 채 기다렸지만 바깥은 조용하기만 했다. 너무 쉽게 생각한 것 같았다. 나는 실망 섞인 한숨을 내쉬며 바닥에 주저앉았다. 해우는 아직 미련이 남았는지 문 앞에서 떠날 줄을 몰랐다. 내가 고개를 저으며 힘없이 손짓하자, 해우는 어깨를 축 늘어뜨리며 옆에 와서 풀 죽은 목소리로 말했다.

"이상하다. 왜 안 오는 거지? 감시 카메라가 고장 난 것 정도는 아무것도 아닌가 봐. 아니면 무슨 다른 급한 일이라도 생긴 건가?"

"글쎄. 하지만 반군에게 우리보다 더 급한 일이 뭐가 있겠어?"

나는 고개를 들어 천장을 노려보았다. 뭔가 이상했다. 렌즈는 부서졌지만, 여전히 빨간 불빛이 깜빡이는 것이 보였다. 조금 더 자세히 보기 위해 몸을 일으켰다.

바로 그때였다. 어디선가 쾅 하는 폭발 소리가 들렸다. DMZ에 처음 들어왔을 때 지뢰가 폭발한 장면이 떠올라서 반사적으로 몸을 웅크리고는 머리를 감쌌다. 바닥이 흔들렸고 천장에서는 흙과 먼지가 후드득 떨어졌다. 눈앞에는 뽀얀 먼지가 자욱했다.

가까스로 정신을 차린 내 눈에 그새 카메라의 빨간 불빛이 꺼진 것이 보였다. 조명은 켜져 있는데 감시 카메라가 꺼졌다는 건 보안 시스템에 오류가 생긴 건 아닐까 하는 생각이 퍼뜩 들었다. 혹시나 하는 마음에 문을 슬쩍 밀었더니, 굳게 잠겼던 문이 쉽게 열렸다.

"무슨 일인지 모르겠지만 아까 그 폭발 때문에 문제가 생겼나 봐. 여기서 나갈 수 있는 기회야. 서두르자!"

내 말에 해우가 고개를 끄덕였다. 우리는 문을 열고 조심스럽게 밖으로 나갔다. 이상하리만큼 땅굴에는 아무도 보이지 않았다. 폭발의 충격 탓인지 여기저기에 떨어져 나간 돌이며, 흙먼지만 자욱했다. 조명도 고장 났는지 깜빡깜빡거렸다. 그 탓에 땅굴은 더 기괴한 분위기를 풍기고 있었다.

해우가 목소리를 잔뜩 낮추며 물었다.

"어디로 가야 하지?"

"나도 잘 모르겠어. 내내 눈을 가린 채 끌려다녔잖아."

내가 주저하며 말하자, 해우도 한숨을 내쉬었다.

"그래도 누가 올지 모르니 일단은 여기서 최대한 멀리 떨어지는 것이 좋겠어."

"응. 가면서 땅굴의 전체 설계도가 있을 만한 곳을 찾아보자. 이렇게 첨단 시스템을 갖춘 곳이니 제어실이 있을 거야. 아, 이럴 때 은성이가 있으면 좋았을 텐데……."

은성의 부재가 아쉬웠고, 또 화가 났다. 하지만 이미 제 살길을 찾아간 아이를 원망해 본들 아무 소용이 없었다. 해우와 둘이서 어떻게든 헤쳐 나가야 했다. 나는 다리에 힘을 주며 앞으로 나아갔다.

각오는 했지만 비슷비슷하게 생긴 땅굴은 너무 길고 복잡했다. 이런 곳을 지도 없이 다닌다는 것은 무리였다.

방향감각을 상실한 지 오래된 우리는 그저 앞을 보며 뛰었다. 길을 잃은 것이 틀림없었다. 그나마 다행인 건 그런 와중에도 반군과 마주치지 않았다는 것이다. 제어실을 찾아 보이는 문마다 기웃거리던 나는 경악하여 멈출 수밖에 없었다.

반쯤 열린 문 사이로 보인 것은 우리가 갇혀 있던 금속 방이었다. 여기서 멀어지려고 그렇게 달렸는데, 결국 제자리로 돌아오다니. 허탈함에 눈물이 나올 것만 같았다. 해우도 벽에 기댄 채 가쁜 숨을 몰아쉬었다.

"이렇게 무작정 뛰어다녀서는 안 되겠어. 다른 방법을 찾아……."

그때 갑자기 해우가 손을 들어 내 입을 틀어막았다.

"쉿!"

내 입술에 손바닥을 가져다 댄 해우의 눈이 긴장으로 파르르 떨렸다. 어디선가 발소리가 들렸다. 여러 명이 뛰어오는 소리였고, 점점 가까워지고 있었다. 심장이 덜컥 내려앉았다.

나는 더 생각할 겨를도 없이 해우의 손을 잡고 금속 방으로 뛰어들었다. 그러고는 서둘러 수동으로 문을 닫았

다. 이렇게 제 발로 다시 들어온 게 어이없지만 지금으로
선 다른 방법이 없었다. 어쩌면 이게 기회인지도 모른다.
문이 열리는 순간, 제일 앞에 들어온 사람을 공격해서 인
질로 사로잡는다. 그리고 땅굴 지도를 요구한다는 것이
원래 우리의 계획이었으니까.

마침내 금속 방 앞에서 발소리가 멈추었다. 무슨 일인
지 잠시 머뭇대는 것 같더니 문이 열렸다.

'지금이야!'

해우가 입 모양으로 말했고, 나는 고개를 끄덕거렸다.
누군가 안으로 발을 들이밀자마자 나는 다리를 뻗어 하체
를 공격했다. 동시에 해우는 두 팔을 뻗어 헤드록을 걸었
다. 수갑이 묶인 채였지만 팔로 목을 꽉 조이자 상대는 비
명조차 지르지 못했다.

해우에게 헤드록을 당한 채 버둥거리는 사람은 놀랍게
도 은성이었다. 깜짝 놀란 해우가 팔을 풀었다. 그대로 바
닥에 주저앉은 은성은 콜록콜록 기침을 해 댔다. 그 뒤로
는 어떤 상황인지 파악하려고 놀란 눈을 깜빡이며 서 있
는 준수와 재경이 보였다.

"너희 왜…… 어떻게 여길 온 거야?"

놀라기는 나도 마찬가지였다. 반군에게 항복했고, 위치 추적기까지 찼는데 어떻게 여기 서 있는 건지 묻고 싶었다. 서로 눈치를 보던 아이들은 주저하며 말을 쉽게 꺼내지 못했다.

마침 해우가 내미는 손을 잡고 일어난 은성이 벌겋게 된 목을 문지르고 입을 열었다.

"이런 말 정말 염치없지만, 우리도 다시 '천사의 별'을 찾고 싶어서……."

아직 전자 수갑을 차고 있는 내 손을 본 은성은 미안했는지 말을 끝맺지 못했다.

"아까는 가족이고 뭐고 그냥 살고 싶다며. 그런데 왜 이렇게 위험한 짓을 해? 반군이 알면 어쩌려고?"

그럴 의도는 아니었지만 내 목소리는 뾰족했다. 은성이 더는 말하지 못하고 고개를 숙이자, 저만치 떨어져 있던 재경이 옆에 와서 섰다.

"네가 화내는 거 이해해. 하지만 은성이가 우리를 설득했어. 갑자기 폭발음이 들리고 당황한 반군들이 우르르 달려 나갔을 때 말이야. 우리끼리 남겨졌는데 은성이가 그러더라. 지금이 탈출할 수 있는 기회인 것 같다고, 돌아가서 이담이와 '천사의 별'을 찾자고. 난 위험해서 싫다고 했지만…… 혼자 남는 건 더 싫으니까."

재경은 여전히 못마땅한 얼굴이었다. 나는 재경의 얼굴을 똑바로 쳐다보며 말했다.

"내키지 않으면 돌아가. 함께 움직였다가 위험해지면 또 도망갈 애랑은, 나도 같이 가고 싶지 않아."

재경은 말없이 나를 노려보았다. 당황한 은성이 끼어들려고 했지만, 해우가 조용히 고개를 저었다.

재경은 긴 한숨을 내쉬더니 말했다.

"너희는 돌아가면 반겨 줄 가족이 있는 모양이지만 난 아무도 없어. '소년들의 날'도 세진이가 먼저 같이 가자고 한 거야. 나도 평생 감자나 심다가 죽기 싫어서 온 거고. 그런데 몇 번이나 죽을 고비를 넘기니까 오기 같은 게 생기더라. 반드시 살아남아서 돔팰리스에 가겠다고 말이야. 그리고…… 세진이가 못 이룬 꿈, 내가 이뤄 보고 싶어."

세진과 같은 꿈을 꾸었다는 말이 떠올라 나는 가만히 고개를 끄덕였다.

"물론 그것 때문만은 아니야. 이 폭탄, 누구 짓인 것 같아?"

재경의 갑작스러운 질문에 나는 정신이 번쩍 들었다.

"재경이 넌 알고 있는 거야?"

"네가 우릴 배신하고 빈집에 가두었을 때 기억나지?"

금속 접착제로 시영과 재경이 일행이 자던 방의 문을 아예 봉해 버렸을 때 일이 떠올라 얼굴이 붉어졌다. 재경에게는 나도 배신자에 불과할 것이다.

"그땐…… 미안했어."

"지금 와서 사과를 받으려는 게 아니야. 그때 우리가 어떻게 빠져나왔는지 알아?"

그러고 보니 체육관을 습격했을 때 시영의 몰골이 이상했던 것이 기억났다. 불에 그슬린 것 같은 옷과 손등에 붉은 화상 흉터가 있었다.

"시영이가 폭탄을 가지고 있었어. 그걸로 오래된 흙벽을 단숨에 무너뜨린 거야. 좁은 방 안이라 열기 때문에 화상을 입긴 했지만."

"어, 어떻게 폭탄을 DMZ에 가지고 들어온 거야? 여긴 무기가 통하지 않는 곳이잖아."

뜻밖의 사실에 놀란 내가 말을 더듬으며 물었다.

"그건 나도 모르지. 아무튼 폭탄을 시영이가 터뜨린 거라면, 반군 본부도 더는 안전한 곳이 아닐지도 몰라. 일단 시영이가 '천사의 별'을 찾기 전에 우리가 찾아야지."

시영의 손에 죽은 세진을 떠올렸는지 재경이 입술을 앙다물었다.

재경의 말대로 시영이 움직이기 시작한 거라면 정말 큰일이었다. 한껏 독이 오른 시영이라면 무슨 짓을 할지 몰랐다. 벌써 폭탄으로 반군 본부를 뒤집어 놓았으니 말이다. 우리도 빨리 움직여야 했다.

하지만 그 전에 뭔가 말해야 할 것 같았다. 풀지 못한 앙금을 가지고 한 팀이 될 수는 없었다.

나는 아이들을 둘러보며 입을 열었다.

"지금까지는 서로 믿지 못하기도 했지만, 이제라도 달라져야 해. 반군뿐 아니라 시영이까지 상대해야 하니까."

내 말에 해우가 먼저 힘차게 고개를 끄덕였고, 은성과 준수가 잇따라 대답했다.

준수는 머리를 긁적이며 덧붙였다.

"생각해 보면 이담이 덕분에 몇 번이나 위기를 넘겼잖아. 나도 이담이 말에 동의해. 그리고 우리 모두 살아남는 방법을 나도 같이 찾아보고 싶어."

늘 한발 뒤로 물러서 있던 수줍음 많은 준수가 그렇게 말해 주니 더욱 기뻤다. 재경이 "나도 동감!"이라며 마침표를 찍었다.

"너희랑 다시 함께할 수 있어서 너무 다행이다."

내가 활짝 웃자 아이들의 표정도 한껏 밝아졌다. 나를 믿고 돌아온 친구들을 위해서라도 어떻게든 '천사의 별'을 찾아야 했다. 주위를 둘러보다가 시선이 복잡하게 뻗어 있는 땅굴에 닿았다. 지금 당장 우리에게 필요한 건 땅굴 지도였다. 나는 초조하게 중얼거렸다.

"지금 제일 급한 건 땅굴 전체 시스템을 파악하는 거야. 아마도 중앙 컨트롤 타워 같은 게 있을 텐데."

내 말에 은성이 눈을 빛냈다.

"아, 여기 오다가 B구역 제어실이라고 쓰인 문을 지나왔어. 거기에 가면 컴퓨터가 있을 테고, 그걸로 뭐든 알아볼 수 있을 것 같아."

머리가 좋은 은성은 길을 기억하는 것에도 탁월한 능력을 발휘했다. 은성이 앞장을 서고 나와 나머지 아이들이 뒤를 따랐다. 해우는 뒤를 살피며 쫓아왔다.

얼마쯤 뒤에 또다시 콰앙 하는 폭발음이 들렸다. 이번

에는 전력 시스템이 완전히 고장 났는지 그나마 깜빡이던 조명이 아예 꺼지고 말았다. 캄캄한 암흑 속에 갇히자 아이들이 작게 비명을 질렀다.

나 역시 무섭긴 마찬가지였지만 약한 모습을 보일 수는 없어서, 억지로 태연한 척하며 말했다.

"다들 진정해. 폭발이 계속된다는 건 반군이 이쪽에는 신경 쓸 수 없다는 거야. 오히려 잘된 건지도 몰라. 그보다 은성아, 제어실까지는 얼마나 남았어?"

"거의 다 온 것 같은데……."

은성이 멈춰 선 채 주변을 두리번거리는지 부스럭대는 소리가 들렸다. 어둠이 조금씩 눈에 익자 아이들의 실루엣이 보였다. 완전히 캄캄하지 않다는 것은 어디선가 빛이 들어온다는 것이다. 벽을 더듬으며 몇 걸음 걸어간 해우가 흥분한 목소리로 말했다.

"저기 봐! 저기 희미한 빛이 새어 나오는 곳이 있어."

나는 그렇게 말하며 앞장을 섰다.

전력이 끊겼는데도 빛이 나온다는 건 비상전력이 있다는 거고, 그건 중요한 시설일 가능성이 높다. 우리는 빛을 이정표 삼아 벽을 더듬으며 나아갔다. 마침내 빛이 새어

나오는 문 앞에 도착했다. 안쪽에서는 연신 경고음이 들려왔다. 자동문을 힘껏 밀자 다행히 수동으로도 열렸다. 역시 예상대로 보안 시스템은 먹통이 된 모양이었다.

안을 들여다보니 각종 모니터와 크고 작은 컴퓨터들, 어디에 쓰이는지 알 수 없는 온갖 기계로 빼곡했다. 기계들은 여전히 가동 중인지 윙윙 모터 돌아가는 소리가 났다. 하지만 중앙의 가장 큰 모니터에는 빨간색 에러 코드가 떠 있고, 경고음은 그곳에서 울리고 있었다.

사람이 없는 것을 확인한 나는 먼저 안으로 들어갔다. 조심스럽게 나를 따라 들어오던 은성이 반색하며 가장 큰 컴퓨터 앞으로 다가갔다. 뭔가를 한참 살피던 은성은 가상 키보드를 불러와 알 수 없는 기호를 입력했다. 마침내 모니터가 환해지더니 어떤 그림이 나타났다.

"이건 땅굴 지도잖아?"

내가 놀라 소리치자 은성이 웃으며 말했다.

"이거 땅굴 내비게이션 프로그램인 것 같아. 여기에 중앙 컨트롤 센터를 입력하면 될 거야."

은성이 키보드를 두드리자 중앙 컨트롤 센터가 있는 D구역까시 가야 할 곳이 빨간색으로 표시됐다. 우리가 있는 B구역에서 제법 떨어진 곳이었다. 꽤 길이 복잡해서 한 번에 외우기는 어려웠다. 지도를 그려 가야 하나 생각하며 주변을 둘러보았다. 그보다 먼저 은성이 테이블 위에 있던 손바닥만 한 크기의 검은색 전자 패드를 들어 보였다.

"이거면 되겠다. 여기에 프로그램을 옮겨 가는 거야."

몇 번 터치하자 패드의 작은 화면에 땅굴 지도가 떴다. 이동형 내비게이션이 만들어진 것이다. 반군이 이런 프로그램을 쓰는 걸 보니 땅굴이 엄청나게 거대하고 복잡한 모양이었다. 이런 데를 지도도 없이 돌아다니려 했다니 생각만 해도 아찔했다.

은성은 패드로 할 수 있는 일이 하나 더 있다며 손을 내밀라고 했다. 나와 해우의 전자 수갑 안쪽 코드를 입력하자 순식간에 수갑이 풀렸다. 보안 해제 코드를 해킹한 것이다. 해킹 프로그램으로 위치 추적 팔찌도 풀 수 있었다. 모든 일이 술술 풀리는 느낌이었다. 역시 은성이 돌아와서 다행이었다.

"잘됐다. 얼른 가자!"

우리는 이동형 내비게이션을 보면서 미로 같은 땅굴을

달렸다. 화면에 우리 위치가 까만 점으로 표시됐다. C구역을 지나 D구역으로 달려가는 동안에도 폭발음은 잇달아 들렸다. D구역 전력 시스템은 아직 괜찮은지 완전히 조명이 꺼지지는 않았다. 대신 금방이라도 무너질 것처럼 천장에서 흙덩이가 후드득 떨어졌다. 천장이 무너져 길이 막히기라도 하면 큰일이다. 서두르느라 숨이 턱 끝까지 차올랐다.

얼마쯤 달려가자 중앙 컨트롤 센터가 있는 D-17구역이 저만치에서 보였다. 하지만 기쁜 것도 잠시, 우리는 멈출 수밖에 없었다. 패드 화면에 갑자기 새까만 점이 잔뜩 나타났다. 우리 말고 다른 사람들이 근처에 있다는 의미였다. 그것도 상당히 많은 사람이.

맨 앞에 있던 나는 상체를 수그리며 아이들을 돌아보았다. 조용히 하라는 신호를 보낸 뒤 상황을 살피기 위해 조심조심 다가갔다.

이 모퉁이만 돌면 D-17구역이었다. 나는 벽에 몸을 밀착시키고는 고개를 살짝 내밀었다. 저만치쯤 중앙 컨트롤 센터를 사이에 두고 서로 대치 중인 두 무리가 보였다. 그건 반군 대장과 시영이었다.

붕괴

　머리카락이 쭈뼛 솟았다. 절대 마주치고 싶지 않았던 둘을 이렇게 한꺼번에 보게 될 줄이야. 그나마 다행인 것은 저 둘은 날 보지 못했다는 것이다. 그들은 서로를 죽일 듯 노려보며 맞서고 있었다.

　내가 몸을 숨기고 있는 모퉁이에서는 반군들의 뒷모습만 보였다. 그 너머로 온몸의 근육이 팽팽하게 땅겨진 듯 긴장한 시영이 서 있었다. 다소 떨어진 거리에도 시영에게서는 필사적인 몸부림 같은 것이 느껴졌다. 그 옆에는 덩치가 덜덜 떨면서도 시영의 곁에 바짝 붙어 있었다. 단

두 명으로 몇십 명의 반군과 맞서고 있는 시영의 배짱과 불굴의 의지는 대체 어디에서 오는 걸까. 경쟁자지만 놀라지 않을 수가 없었다.

하지만 지금 감탄만 하고 있을 수는 없었다. 이 기회를 최대한 이용해야 했다. 그러려면 그들의 대화를 들을 수 있을 만큼 가까운 곳으로 접근해야 했다. 그래야 '천사의 별'에 대한 어떤 정보라도 얻을 수 있을 터였다.

고개를 조금 더 내밀고 살펴보니 시영과 반군들 사이에 백여 년 전에 썼을 것 같은 나무로 만든 낡은 방재함이 나뒹굴었다. 방재함이 반쯤 열려 있었는데 반군이 다가오지 못하도록 시영이 일부러 넘어뜨린 것 같았다. 반군의 뒤, 그러니까 내가 숨어 있는 모퉁이 맞은편 벽은 폭발할 때 무너진 것인지 일부가 허물어진 상태였다. 그 바람에 제법 큰 바위가 통로 중간에 떨어져 있었다. 보아하니 저 바위 뒤는 시영과 반군 모두 나를 볼 수 없을 것이다.

나는 뒤를 돌아보며 아이들에게 잠시 기다리라고 손짓하고는 숨을 한껏 들이쉬었다. 모퉁이에서 다섯 걸음 정도 떨어진 곳에 바위가 있었다. 뛰어들 타이밍만 노리고 있는데 별안간 시영이 주먹 크기만 한 비닐 팩을 들이밀며 악을 썼다. 모두의 시선이 그쪽으로 쏠렸고, 나는 그 틈을 놓치지 않고 상체를 잔뜩 숙인 채 잽싸게 바위 뒤로 뛰어들었다.

거리가 가까워지자 그들의 목소리도 선명하게 들렸다. 뭐라고 소리를 치며 발악하는 시영과 덩치를 향해 반군 대장은 높낮이 없는 목소리로 말했다.

"액체 폭탄인가? 우리가 방심했네."

그가 지금 얼마나 냉랭한 표정일지 목소리만으로도 알 것 같았다. 그러자 옆에 있던 반군이 고개를 숙였다.

"미리 알아채지 못해서 죄송합니다."

"알아챌 수가 없지. 저건 섞이기 전에는 평범한 액체처럼 보이니까."

휠체어에 앉은 대장은 꼿꼿하게 허리를 세우고는 시영에게 말했다.

"여기까지 온 건 대단하다만, 그걸로 뭘 더 할 수 있을 것 같아?"

대장의 빈정거림에 시영은 신경질적으로 액체 폭탄을 흔들어 댔다.

"폭탄이 이것밖에 없을 거라고 생각하지는 마. 이런 땅굴 따위는 한 방에 날려 버릴 정도로 충분하니까 말이야."

시영이 한껏 인상을 쓰며 협박했지만 대장은 피식 실소하면서 말했다.

"그래서 폭탄을 터뜨리고 여기서 다 같이 죽자는 건가? 운 좋게 살아남더라도 네가 터뜨린 폭탄으로 '천사의 별'이 공중분해 되면, 그래도 정부군이 네게 돔펠리스 거주권을 줄까?"

당황한 시영이 주춤했다. 재경의 말대로 폭탄은 정말 시영의 짓이었다. 그것으로 폐가를 탈출하고, 용케 반군의 심장부까지 들어온 건 정말 대단했다. 하지만 여기까지가 한계일 것이다. 첨단 무기로 무장한 수십 명의 반군을 어떻게 단둘이서 대적하겠다는 건지, 아무리 생각해도 무모한 짓이었다. 이왕 이렇게 된 거 시영이 반군 대장을 자극해 '천사의 별'의 행방을 알아내면 좋겠다는 생각이 들었다.

그런데 뭔가 이상했다. 반군 대장은 평상시와 달리 이상하게 말이 많았고, 늘 옆에 붙어 있던 부대장이 보이지 않았다. 주위를 둘러보던 내 눈에 뭔가 이상한 움직임이 포착됐다. 궁지에 몰린 쥐가 발악하듯 소리를 질러 대는 시영과 덩치의 등 뒤로 어떤 그림자가 어른거렸다. 시영의 뒤쪽 모퉁이에서 부대장과 반군 몇이 모습을 드러낸 것이다. 앞에서 대장이 시영의 주의를 끄는 동안 부대장이 땅굴을 빙 둘러 뒤편으로 접근한 것 같았다.

아직 눈치채지 못한 시영의 등 가까이에 다가간 부대장이 활을 겨누었다. 순간 머릿속이 새하얗게 변하여, 생각할 틈도 없이 입이 먼저 움직였다.

"김시영! 피해!"

내 상황도 잊은 채 소리 지르며 앞으로 달려 나갔다. 깜짝 놀란 시영이 반사적으로 몸을 틀었다. 비명은 대장 뒤에 서 있던 반군 사이에서 터져 나왔다. 시영이 몸을 피하는 바람에 빗나간 화살이 누군가를 맞힌 것이다. 냉정하기만 하던 대장이 당황한 모습으로 뒤를 돌아보았고, 순식간에 반군의 대형이 흐트러졌다. 나는 반군들에게 복부를 세게 얻어맞아 바닥에 나동그라졌다.

시영은 그 기회를 놓치지 않았다. 번개처럼 빠르게 중앙 컨트롤 센터로 뛰어들었다. 뒤따르던 덩치는 돌연 문 앞에서 몸을 돌렸다. 시영을 쫓지 못하게 자기 몸으로 문을 막아선 것이다. 대장이 덩치에게 다가가 레일건을 겨누었다. 분노로 이글거리는 눈빛과 달리 목소리는 얼음장처럼 차가웠다.

"당장 비켜. 비키지 않으면 그 문과 함께 네 몸에 구멍이 날지도 몰라."

겁먹은 표정이었지만 덩치는 움직이지 않았다. 금방이라도 터질 것 같은 팽팽한 긴장감이 감돌던 바로 그때. 센터 안에서 콰아앙 폭발음이 들렸다. 순식간에 통로를 밝히던 조명이 꺼지면서 캄캄해졌다.

"레드 코드. 레드 코드. 원인을 알 수 없는 폭발로 중앙 제어 시스템이 파괴됐습니다. DMZ를 방어하는 방해전파가 전면 해제됩니다."

비상 상황임을 알리는 인공지능 안내가 들려왔다. 이어서 땅굴 안에 붉은 경광등이 쉴 새 없이 깜빡였고, 사이렌 소리가 요란하게 울렸다. 반군을 지켜 주던 방해전파가 정말로 붕괴하고 말았다. 얼마 뒤면 DMZ 안으로 정부군이 몰려올 것이다. 반군을 좋아하지는 않았지만, 그렇다고 이런 결과를 원한 것은 아니었다.

내가 저지른 엄청난 일에 눈앞이 캄캄해졌다. 바닥에 쓰러진 내 멱살을 잡아 거칠게 일으킨 건 부대장이었다.

화를 참을 수 없다는 듯 부대장의 주먹이 내 얼굴을 향해 날아들었다. 그 순간 숨어 있던 해우가 달려들었다. 덕분에 맞는 것은 피했지만 해우와 나머지 아이들까지 모두 사로잡히고 말았다. 나 대신 얻어터진 해우의 얼굴이 엉망으로 부어올랐다.

"도대체 왜 시영이를 도와준 거야?"

재경이 입술을 바르르 떨며 화를 냈다. 나조차도 내가 왜 그랬는지 이해할 수 없었다. 나도 왜 그 순간 시영이 협곡에 매달린 나를 무심한 척 응원하던 모습이, 계곡에 발을 담그고 지었던 편안한 미소가, 낭떠러지에 서서 개차반 같은 세상에서 어떻게 살아남았는지 아냐고 절규하던 목소리가 떠올랐는지 알 수 없었다. 어쩌면 필사적으로 '천사의 별'을 찾으려는 시영에게서 내 모습을 보았기 때문인지도 모른다. 이유가 뭐든 모든 일을 망쳐 버린 죄책감에 고개를 들 수가 없었다.

그런 내 눈앞에 대장의 휠체어가 다가왔다. 무릎 꿇은 우리를 내려다보는 대장의 눈빛이 번뜩였다. 늘 냉정한 사람에게 저렇게 뜨거운 불길이 있었나 싶을 정도로 분노에 찬 얼굴이었다.

"항복하겠다는 녀석들까지 죄다 내 뒤통수를 치다니. 처음부터 계획한 거였나? 우리 주의를 돌리고 그사이에 다른 아이들이 침투해서 폭탄을 터뜨리기로 한 거야?"

"그, 그런 거 아니에요. 나도 쟤가 폭탄을 가지고 있다는 걸 몰랐어요. 알았다면 용바위 산에서 그렇게 쉽게 보내 주지 않았을 거라고요."

나는 더듬거리면서도 억울하다는 얼굴로 변명했다. 부대장이 대장에게 다가와 체육관을 습격했던 일이며 용바위에서 있었던 일로 봤을 때, 나와 시영이 같은 편이 아닌 건 확실하다고 이야기했다. 우리를 줄곧 감시했다더니 잘 알고 있었다.

대장은 더욱 의아하다는 듯이 날 뚫어지게 쳐다보았다.

"그렇다면 네 경쟁자를 왜 도우려고 한 거야? 없앨 수 있는 절호의 기회였는데. 설마 어설픈 동정심인가?"

대장의 비아냥거림에도 나는 할 말이 없었다.

그러는 사이 곤죽이 되도록 맞은 덩치와 정신을 잃은 시영이 질질 끌려왔다. 밀폐된 공간에서 폭탄을 터뜨린 탓에 질식한 듯했다.

반군 하나가 대장에게 다가와 뭔가를 건네며 침울한

표정으로 말했다.

"저 자식들이 신호탄까지 쏜 모양입니다."

그것은 정부군에게 받은 원통형 막대의 신호탄이었다. 버튼만 누르면 어떤 물질도 통과해서 하늘에 그 위치를 표시해 준다고 했었다. 방해전파도 사라진 마당에 신호탄까지 쏘았으니 정부군이 들이닥치는 건 시간문제였다.

절망적인 상황에서도 대장은 흔들리지 않았다. 대장은 일사불란하게 땅굴의 피해를 확인했다.

"비상전력 시스템을 가동했어요. 전력이 충분하지 않아 D-17구역으로 집중했고요. 앞으로 다섯 시간 정도 버틸 수 있을 것 같습니다. 하지만 정부군이 우리의 정확한 위치를 알아냈기 때문에 앞으로 한 시간이면 공격이 시작될 듯합니다."

어두운 얼굴로 설명을 듣던 반군 대장은 남은 무기를 최대한 모아 보라고 지시했다. 아까부터 초조하게 나를 흘깃거리던 부대장이 대장에게 귓속말을 했다. 대장은 고심하는 듯 턱을 문지르더니 일단은 우리를 창고에 가둬 두라고 지시했다.

희미한 비상등만 켜진 좁은 창고는 환기 시스템이 제

대로 작동하지 않아서인지 덥고 답답했다. 하지만 불평할 처지가 아니었다. 긴 침묵을 깬 건 준수였다.

"그래도 정부군이 오면 다행인 거 아니야? '천사의 별'을 못 찾으면 방해전파만 파괴해도 된다고 했잖아."

재경이 짜증을 내며 반박했다.

"그걸 우리가 했냐고. 우승자는 한 명뿐이잖아. 이대로라면 누구 덕분에 시영이가 최종 우승 할 것 같은데."

그러고는 나와 쓰러진 시영을 동시에 흘겨보았다.

"하지만 시영이가 우승자가 될 가능성은 없을 거야. 반군이 시영이를 가만히 놔둘 리 없어."

은성의 말이 맞지만, 사실 시영뿐 아니라 우리도 무사할 리가 없다. 결국 내가 시영을 구해 줬기 때문에 이 사달이 났으니까. 나와 비슷한 생각인지 다들 말이 없었다.

그런데 아까부터 죽일 듯 시영을 노려보고 있던 재경이 더는 화를 못 참겠다는 듯 벌떡 일어났다. 그러고는 정신을 잃은 시영에게 삿대질하며 소리쳤다.

"사람을 죽여 놓고도 냉정하던 애가, 폭탄을 들고 반군 본부에 뛰어들면 '천사의 별'을 찾을 수 있을 거라고 생각한 거야? 벼랑에서 떨어지더니 머리가 어떻게 된 거 아니냐고?"

죽은 세진 때문인지 잔뜩 날이 선 목소리였다.

우리와 반대편 벽 쪽에 쭈그리고 앉아 시영을 돌보고 있던 덩치가 그 말에 발끈했다.

"본부에 반군이 이렇게 많을 줄 몰랐어. 생존자가 몇 명 없다고 그 군인이 그랬잖아!"

하긴 우리도 그렇게 믿고 방심했다가 땅굴 입구에서 허무하게 사로잡히고 말았다. 그나마 시영은 폭탄이 있었으니 반군 중심부까지 온 것이다.

덩치가 걱정스러운 눈빛으로 시영의 얼굴을 들여다보며 혼잣말처럼 중얼거렸다.

"그리고 시영이는 꼭 '소년들의 날'에서 우승해야 하는 이유가 있단 말이야."

"대체 이렇게까지 무리하는 이유가 뭔데?"

설마 엄마를 납치당한 나보다 더 간절한 이유가 있는 거냐고 소리치고 싶었지만, 꾹 참고 물었다.

덩치는 잠시 망설이는 듯하더니 입을 열었다.

"시영이가 그랬어. 돔팰리스에 가서 복수하고 싶은 사람이 있다고."

"복수라고?"

"물 배급권을 4인으로 제한하는 법이 통과될 때, 큰 시위 있었던 거 기억나?"

물론 기억난다. 그 때문에 발이 묶인 엄마가 사흘 동안 집에 오지 못해서 혼자 벌벌 떨었던 적이 있으니까. 시위 때문에 많은 사람이 죽거나 다쳤다고 엄마도 안타까워했다. 워낙 큰 사건이어서 다른 아이들도 다 기억하는 모양이었다. 우리가 잠자코 듣고 있자 덩치는 이야기를 계속했다.

다섯 명이던 시영의 가족도 전부 시위에 참여했다고 한다. 시위가 점점 격렬해지자 군인들이 투입되고, 시위대를 진압하는 과정에서 사망자도 나오게 되었다. 도망치던 시영의 가족도 결국 군인에게 잡히고 말았다.

그때 한 젊은 군인이 시영의 부모님 앞에 나타났다. 아니라고 잡아떼도 자꾸 추궁하자 시영의 아빠는 자기들은 네 식구인데 시위에 참가할 이유가 있겠느냐고 말했다. 그 군인은 그럼 세 명의 아이 중 누가 친자식이 아니냐고 물었다. 누군가를 지목하지 않으면 모두 죽일 것 같은 분위기였다. 아빠는 벌벌 떨면서 시영을 가리켰다.

젊은 군인이 웃으며 말했다.

"그럼 얘는 죽여도 되겠네?"

눈이 새빨개진 아빠가 천천히 고개를 끄덕였다.

시영이 충격과 배신감을 느낄 새도 없이 군인은 총구를 시영의 머리에 겨누었다. 부모는 끝까지 두 동생만 안고 고개를 돌렸다. 탕탕. 총성이 울렸지만 총을 맞은 건 시영이 아니었다. 시영의 부모가 맞고 쓰러졌다.

시영은 자기도 모르게 외쳤다.

"엄마! 아빠!"

그런 시영을 보며 군인이 차갑게 웃으며 내뱉었다.

"그것 봐. 엄마, 아빠라고 하잖아."

뜻밖의 이야기에 모두 얼어붙었다. 덩치가 울먹이며 말을 이었다.

"군인이 쏜 총에 엄마, 아빠가 안고 있던 동생들도 다 죽었어. 군인은 울부짖는 시영이에게 부모가 버린 널 내가 살려 준 거라 말했대. 불쌍한 시영이는 순식간에 가족을 다 잃었는데, 마음껏 슬퍼할 수도 없었어. 그 군인의 말대로 부모가 자기를 버린 거잖아."

너무 끔찍한 이야기였다. 시영의 독기가 어디에서 시작됐는지 알 것 같았다.

"난 시영이 복수를 도와줄 거야. 왜냐하면…… 지옥 같은 감옥에서 날 구해 줬거든. 배가 너무 고파서 감자를 훔쳐먹다가 걸렸을 때, 시영이가 자기 감자를 대신 채워놨어. 시영이는 자기편이 되면 앞으로도 배고프지 않게 해 주겠다고 했지만, 먹을 것보다 난 시영이가 웃는 모습을 꼭 보고 싶어. 그러려면 그 군인한테 반드시 복수해야 해. 시영이가 그 군인 얼굴을 똑똑히 기억한다고 하니까……."

"야, 한동채! 그 입 다물어."

언제 정신이 들었는지 시영이 힘겹게 몸을 일으키며 말했다.

"시, 시영아! 너 괜찮은 거야?"

"너, 대체 무슨 권리로 내 얘기를 마음대로 하는지 모르겠네. 네가 내 친구라도 돼?"

차가운 시영의 말에 덩치가 안절부절못하면서 미안하다고 연신 사과했다. 시영은 그런 덩치를 무시하고 벽에 기대앉았다. 그러고는 날 보며 말했다.

"그런 불쌍한 눈으로 쳐다보지 마. 그렇다고 나한테 우승을 양보할 것도 아니잖아."

가시 돋친 말투는 여전했다. 시영의 과거는 가슴 아프지만 그렇다고 엄마를 포기할 수는 없었다. 나 또한 누구보다 절박했다.

나는 감정을 드러내지 않으려 노력하며 말했다.

"지금은 '소년들의 날' 우승을 논할 때가 아닌 것 같은데. 은성이의 말대로 반군이 우리를 가만 놔둘 리가 없잖아. 여길 어떻게든 빠져나갈 생각부터 해야 한다고."

시영도 내 말에 토를 달지 않았다. 우선은 빠져나갈 구멍을 찾아야 했다. 지금은 전력이며 보안 시스템이 정상이 아니니까 어디든 틈이 있을 것이다. 창고를 살펴보려고 일어나려던 나는, 순간 그대로 주저앉고 말았다.

지금까지 시영이 터뜨렸던 액체 폭탄과는 비교도 되지 않을 만큼 엄청난 폭발음이 울렸기 때문이다. 서 있기조차 힘들 정도로 땅굴 전체가 흔들렸다. 곧 머리를 짓누르는 것 같은 압력이 느껴졌고 귀가 아파 왔다. 창고를 밝히던 희미한 비상등마저 꺼지고 말았다. 아이들이 비명을 지르는 듯 입을 뻥긋거렸지만 폭탄이 소리마저 삼켜 버린 듯 아무것도 들리지 않았다.

멍한 와중에도 정부군의 공격이라는 생각이 들었다. 서둘러야겠다는 생각에 조급함이 밀려왔다. 다행히 귀는 조금씩 정상으로 돌아왔다. 하지만 그와 동시에 문이 열리는 소리가 들렸다. 문 앞에는 반군 대장의 휠체어가 있었다.

그는 뭔가 굳게 결심한 얼굴로 나를 가리켰다.

"권이담. 네가 필요해. 지금 당장."

'내가 필요하다니 그게 무슨 뜻이지? 아니, 그보다 내가 이름을 알려 준 적이 있었나?'

나는 어리둥절한 얼굴로 대장을 올려다보았다.

오늘이

나 하나만 창고에서 데리고 나온 대장은 중앙 컨트롤 센터 옆에 있는 작은 회의실로 향했다. 이렇게 단둘이 마주한 것은 처음이었다. 가까이에서 본 대장은 피곤해 보였다. 이렇게 절망적인 상황에서 왜 나를 따로 부른 건지 궁금했다.

대장은 내가 질문하기도 전에 먼저 말을 꺼냈다.

"네가 어떤 아이인지, 믿을 만한지 더 확인해 보려고 했지만…… 지금은 상황이 너무 긴박하게 돌아가는지라 모험을 하는 수밖에 없을 것 같다."

뭘 확인한다는 건지, 무슨 모험을 한다는 건지 도무지 알 수 없는 말투성이였다. 눈만 깜빡거리는 내게 대장은 더 놀라운 말을 꺼냈다.

"지금부터 내 말 잘 들어. 난 너에게만 특별히 '천사의 별'이 무엇인지 알려 줄 거야. 그리고 선택하는 거야. 그걸 가지고 정부군에게 가든지, 아니면……."

잠깐 말을 멈춘 대장은 놀란 내 눈을 들여다보며 말을 이었다.

"네가 그토록 소중하게 생각하는 친구들과 함께 살아날 방법을 찾든지."

"그걸…… 내가 선택할 수 있다고요? 왜 내게만 그런 얘길 하는 거죠?"

전혀 뜻밖의 제안에 놀라 나는 말을 더듬었다. 무슨 의도인지 알아내려 했으나 그럴 수가 없었다. 반군 대장이 내게 바짝 다가왔기 때문이다. 뺨에 숨결이 느껴질 만큼 가까운 거리였다. 화들짝 놀란 내가 숨을 흐읍, 들이쉬었다. 그는 아랑곳하지 않고 팔을 내밀더니 미처 피할 틈도 없이 내 주머니에 손을 불쑥 넣었다. 그의 손에는 어느새 내가 주운 펜던트기 돌려 있었다.

"무슨 짓이에요. 그건 내 거……."

나는 말하다 말고 펜던트를 멍하니 쳐다보았다. 대장의 손에 들린 펜던트는 아무 반응도 없었다.

"이 펜던트는 우리가 거기 둔 거야."

예상대로 역시 반군의 짓이었다. 그렇다면 반군 대장이 찾는다는 여자애가 정말 나일 가능성이 높았다. 하지만 나는 아무런 능력도 없는 평범한 열일곱 살짜리 여자애에 불과했다. 아니, 이제는 종신형을 받은 범죄자인 건가. 뭐가 됐든 반군이 나를 찾을 이유는 아무것도 없었다.

"대체 왜요?"

대장은 대답 대신 펜던트를 내 손바닥 위에 놓았다. 펜던트는 순식간에 파란빛을 냈다.

"왜냐하면 네가 진짜 우리가 애타게 찾던 아이인지 확인해야 했으니까. 그 아이만 펜던트를 파랗게 빛나게 할 수 있거든."

대장의 말에 망치로 머리를 세게 맞은 것처럼 한동안 아무 생각도 할 수 없었다. 나를 애타게 찾았다는 말이 귀에 맴돌았다. 그 말은 내가 '소년들의 날'에 참가할 걸 알았다는 건가. 하지만 어떻게 나를 알아본 건지, 저 펜던트는 어떻게 엄마의 펜던트와 똑같은 모양인 건지 혼란스럽기만 했다.

"어, 어떻게 날? 아니, 왜 날?"

하얗게 된 머릿속에서 제대로 된 질문이 떠오르지 않았다. 입 밖으로 나온 건 겨우 '어떻게'와 '왜'뿐이었다.

대장은 눈도 깜빡이지 않고 나를 똑바로 주시했다.

"펜던트를 깨울 수 있는 사람은 네가 유일하니까."

'펜던트를 깨운다니⋯⋯.'

답을 듣자 머릿속이 더 뒤죽박죽되었다.

"궁금한 게 많겠지. 하지만 그 대답은 나중에 듣게 될 거야. 듣고 나서 아까 말한 선택을 하도록 해. '천사의 별'을 어떻게 할 건지."

대장은 내 대답은 기다리지도 않고 문을 열더니 부대장을 불렀다.

"나는 그곳에 갔다 올 테니 여길 부탁해. 방해전파 시스템이 붕괴됐더라도, 중앙 컨트롤 센터에서 되도록 살릴 수 있는 것들은 복구하도록 해 봐. 나머지 아이들은 딴짓 못 하게 잘 감시하도록 하고."

부대장이 긴장한 얼굴로 고개를 주억거렸다. 대장은

곧바로 휠체어를 돌렸다. 내가 멍하니 서 있자 뒤를 돌아보며 재촉했다.

"뭐 해? 따라와. 시간 없으니 서둘러."

나는 멍하니 대장의 뒤를 쫓아갔다.

그가 향한 곳은 D구역의 바깥이었다. 전력이 끊긴 통로는 어두웠고 환기 시스템이 멈춘 탓에 후덥지근했다. 손전등에 의지해 캄캄한 땅굴을 한참 걸어야 했다.

아까부터 반군 대장은 아무 말도 없었다. 그저 휠체어를 조정해 여기저기 무너져 내린 바윗덩이를 피하는 것에 집중했다. 정부군의 공격이 얼마나 위력적이었는지 새삼 실감이 났다. 한때는 반군이 자유롭게 오갔을 통로가 지금은 그냥 버려진 땅굴 같았다. 덥고 두려웠다. 대장이 말하지 않은 게 무엇일지 짐작조차 할 수 없어 더 답답했다.

그렇게 한참을 가던 반군 대장이 멈춘 곳은 차가운 금속 소재의 문 앞이었다. 대장이 뭔가를 입력하자, 무거운 금속 문이 열렸다. 안에서는 희미한 빛과 함께 냉기가 흘러나왔다. 대장은 나의 놀란 얼굴을 돌아보며 말했다.

"여기는 중앙 시스템과 별도의 전력을 사용해. 마지막 순간까지 지켜야 할 심장 같은 곳이거든."

반군 본부에서 가장 중요한 곳이라니, 안에 무엇이 있을까 상상하는 것만으로 온몸이 긴장됐다. 들어가서 팔에 소름이 돋을 정도로 공기가 서늘했다. 윙윙 부드럽게 돌아가는 기계 소리와 반짝이는 금속 벽이 평소에도 잘 관리되고 있다는 인상을 주었다. 맨 안쪽에는 유리 벽이 있었고, 거기서 파란 불빛이 흘러나왔다. 왠지 펜던트가 내뿜는 파란빛과 비슷하다는 생각이 들었다.

나는 대장을 따라 유리 벽 앞에 섰다. 유리 벽 너머 공간에는 세로로 긴 캡슐이 세워져 있었다. 은색으로 빛나는 긴 타원형이었고, 사람 하나가 드나들 수 있는 문이 달려 있었다.

"저게 뭐예요? 저 안에 사람이 있나요?"

내가 물었지만 대장은 묵묵히 유리문에 붙어 있는 손바닥만 한 기계장치를 조작했다. 그러자 유리문이 열렸고, 우리는 그 안으로 들어갔다. 눈앞에서 보니 은색 캡슐은 꽤 컸다. 온갖 복잡한 기계장치가 캡슐 뒤쪽에 달려 있었다.

대장이 손을 들어 어딘가를 가리켰다. 캡슐을 여닫는 문에 작은 홈이 나 있는 곳이었다. 그런데 홈 모양이 펜던트 모양과 비슷했다. 내가 주머니에서 펜던트를 꺼내자 대장이 고개를 끄덕였다.

"그걸 거기에 꽂아."

나는 펜던트를 홈의 모양에 맞게 끼워 넣었다. 그러자 마자 무언가가 내 손끝을 찔렀다. 따끔한 통증에 나는 깜짝 놀라 손을 움츠렸다.

대장은 캡슐에 시선을 고정한 채 딱딱하게 말했다.

"DNA를 검사하는 거야. 네 피가 이 캡슐을 열 유일한 패스워드인 셈이지."

그 말이 끝나는 것과 동시에 피슝 소리가 나더니 캡슐 안 압력이 해제됐다. 패스워드가 일치하는 모양이었다. 캡슐 문이 자동으로 천천히 열렸다. 안에 있는 게 무엇인지 궁금하면서도 무서웠다. 내가 대장을 돌아보자 그는 턱짓으로 캡슐을 가리켰다.

"네가 직접 확인해. 나도 실제로 본 적은 없으니까."

두근거리는 심장을 가까스로 진정시키고는 다시 고개를 돌렸다. 완전히 열린 캡슐 안에는 웬 어린아이가 눈을 감고 있었다. 놀란 나는 자세히 보기 위해 한 걸음 더 다가 갔다. 얼굴을 가까이에서 들여다본 순간, 나는 그 자리에 얼어붙고 말았다.

그건 일곱 살의 나였다. 10년 전 내 모습을 한 아이는 눈을 반짝 떴다. 나와 눈이 마주치자 아이가 말했다.

"안녕, 이담아. 널 얼마나 오래 기다렸는지 몰라."

나는 온몸을 떨며 비명이 새어 나오려는 입을 틀어막았다.

"너, 넌 뭐야? 넌 누구야?"

겨우 정신을 차리고 묻자, 아이가 당연한 걸 묻느냐는 듯 눈을 동그랗게 떴다.

"난 너잖아. 아빠가 너의 일곱 살 때 모습으로 날 만들었다고 했는데, 안 닮았어?"

아이는 고개를 갸웃거렸다. 소리친 게 머쓱해질 정도로 천진난만한 얼굴이었다.

나는 당황하여 되물었다.

"아빠가 널 만들었다고? 아빠가 누군데?"

"으응? 정말 몰라서 물어? 아빠가 아빠지. 우리 아빠. 권영진 박사님 말이야."

아빠라니. 일곱 살 이후로는 아빠를 만난 적도, 어디 있다는 이야기를 들은 적도 없었다. 엄마는 마치 처음부터 존재하지 않았던 것처럼 아빠에 대해 아무런 이야기도 해 주지 않았다. 하지만 엄마는 아빠의 흔적을 끊임없이 찾았던 것 같다. 내가 잠든 밤마다 무전을 쳤던 것도 그래서였으리라.

그렇게 쫓아도 찾을 수 없었던 아빠의 흔적을 DMZ에서, 그것도 소름 끼치도록 내 어릴 적 모습과 똑같은 아이의 입을 통해 듣게 될 줄이야.

"우리 아빠를 알아? 아빠는 어디 계신데? 여기 계신 거야, 어?"

나는 곧 숨이 넘어갈 것처럼 답을 재촉했다. 아이가 눈을 동그랗게 뜨며 말했다.

"아빠는 이미 죽었잖아. 날 이렇게 혼자 둔 지 8년이나 됐는걸."

심장이 쿵 내려앉았다. 이렇게까지 나타나지 않는 걸 보면 이미 죽었을지 모른다고 생각은 했었다. 그런데 이런 식으로 아빠의 죽음을 확인하게 될지는 몰랐다. 묵직한 덩어리가 목구멍을 짓누르는 것 같아 숨을 제대로 쉴 수 없었다. 머리가 새하얘지고 어지러웠다. 내가 비틀거리자 대장이 내 팔을 붙잡아 주었다.

나는 고개를 돌려 그를 쳐다보았다.

"아빠가 왜, 어디서, 어떻게 죽은 거예요?"

반군 대장은 내 시선을 피하며 나지막이 말했다.

"그건 내가 말할 수 있는 게 아닌 것 같아. 저 애가 더 잘 알 거야."

대장이 눈으로 아이를 가리켰다. 난 치밀어 오르는 울음을 간신히 삼키고는 아이를 마주 보았다.

"넌 누구니? 어떻게 아빠를 알아?"

"아빠가 날 만들었으니까. 난 인공두뇌를 탑재한 안드로이드 로봇이야. 줄기세포 기술로 만든 합성 피부와 장기를 사용해서 인간과 겉모습은 똑같아. 아빠는 일곱 살 때 너의 모습으로 날 프로그래밍했어."

그 말을 하며 아이는 캡슐에서 깡충 뛰어나왔다. 그러고는 내 주변을 빙그르 한 바퀴 돌더니 나를 올려다보았다. 기분이 이상했다. 로봇이라기보다는 정말 일곱 살의 여자아이 같았다. 아이, 아니 로봇은 내게 손을 내밀며 말했다.

"내 이름은 오늘이야. 아빠가 지어 줬어. 이다음을 위해서 오늘이 필요하다고 했어."

이다음을 위해서 오늘이 필요하다.

대체 무슨 말인지 알아들을 수가 없었다. 여전히 슬픔으로 마음이 아렸지만, 나는 수수께끼 같은 그 말을 몇 번이나 입 속에서 되뇌어 보았다. 그러자 문득 아주 어릴 때, 이제는 얼굴도 흐릿해진 아빠가 날 안아 주며 했던 말이 떠올랐다.

'네가 커서 살아갈 이다음 세상은 지금과는 달라야 해. 다음 세상을 이끌라는 뜻으로 네 이름을 이담이라고 지은 거야. 그러려면 당장 오늘부터 바뀌어야겠지.'

그래서 아빠는 저 로봇의 이름을 오늘이로 지은 모양이다. 하지만 나처럼 평범한 애가 무슨 수로 세상을 바꾸고 이끌 수 있다는 건지, 아빠의 속내를 도저히 이해할 수 없었다. 갑자기 알게 된 아빠의 죽음보다도 그게 더 당황스러웠다. 오늘이는 그런 줄도 모르고 자꾸만 나를 보며 신기해했다.

"내가 열일곱 살이 되면 이런 얼굴이 되는구나."

"뭐? 네가 열일곱이 될 수도 있어?"

"그럼. 원래 나는 너의 성장 속도에 맞춰 외형이 변화하도록 프로그래밍돼 있었어. 지금 네 얼굴, 정말 컴퓨터 시뮬레이션 결과랑 비슷하네."

"그런데 왜 아직 일곱 살 모습인 거야?"

"음. 그건 나도 잘 몰라. 그냥 아빠가 내 얼굴을 쓰다듬으며 '내가 죽으면 오늘이가 혼자 커 가겠구나. 널 통해 딸이 커 가는 모습을 보고 싶었는데. 내가 없는데 그게 무슨 소용이지' 하더니 자동성장 프로그램을 중지시켰어. 그래서 이렇게 영원히 일곱 살 모습으로 남게 된 거고."

아빠는 자신의 죽음을 예감했던 모양이다. 하지만 그렇게 내가 보고 싶었다면 로봇을 만들 게 아니라 내게서 떠나지 말았어야 했다. 대체 왜 나와 엄마를 두고 DMZ에 숨었던 건지 도저히 이해할 수가 없어서 자꾸 화가 났다.

갑자기 오늘이가 제자리에서 팔짝팔짝 뛰었다.

"아! 맞다. 아빠가 이담이 네가 오면 보여 주라고 한 게 있는데. 잠깐만."

부산스럽게 움직이던 오늘이가 가만히 서서 허공을 응시했다. 반짝이던 눈동자에 반투명한 막이 씌워진 것 같더니 공중에 홀로그램 영상이 나타났다.

아빠였다. 원래 저랬나 싶은 정도로 아빠는 마르고 창백한 모습이었다. 어느 날 갑자기 사라진 아빠가 원망스러워 그리운 마음도 지워 버렸다고 생각했는데, 막상 야윈 얼굴을 보자 눈가가 자꾸 뜨거워졌다. 나는 애써 눈물을 참으며 영상을 똑바로 바라보았다. 아빠는 정면을 보며 이담아, 하고 내 이름을 불렀다. 그러고는 목이 메는지 한참이나 말을 하지 못했다.

아빠가 내 이름을 다정하게 불러 주는 꿈을 어릴 때는 많이 꾸었다. 하지만 시간이 지나면서 아빠의 얼굴도 음성도 흐릿해졌다. 그런데 '이담아!' 하는 말 한마디에 모든 감각이 생생하게 되살아났다.

나는 더 참지 못하고 오열하고 말았다.

천사의 별

그때 누군가 우는 내 등을 쓸어 주었다. 온기가 느껴지지는 않지만 이상하게도 따뜻한 기분이었다. 눈물 젖은 얼굴을 들어 보니 오늘이가 그 작은 손바닥으로 나를 토닥이고 있었다. 당연히 프로그래밍된 거겠지만 순간 로봇에게도 마음이란 게 있는 걸까 싶었다. 내가 손등으로 눈물을 닦자 오늘이는 "이제 안 우네. 다행이다" 하며 미소를 지었다.

"응. 괜찮아진 것 같아. 고마워. 이제 다시 틀어 줘도 돼."

오늘이는 고개를 끄덕이더니 멈추었던 홀로그램 영상을 다시 공중에 띄웠다. 아빠 입으로 어떤 말을 듣게 될지 몰라 심장이 자꾸만 쿵쿵거렸다. 나는 떨리는 주먹을 꽉 쥐고는 영상 속 아빠의 얼굴을 응시했다.

"이담아! 지금 네가 얼마나 컸을지 상상해 보는 것만으로 아빠는 가슴이 벅차올라. 하지만 한편으로는 정말 미안하고 마음이 아파. 여기 오기까지 너와 엄마가 얼마나 힘든 시간을 보내며 날 원망했을까? 어떤 말로 사과해야 할지 모르겠다. 아빠는 그저 이담이 네가 살아갈 세상이 지금보다 더 나아져서 더는 너와 같은 아이들이 고통받지 않기를 바랐어. 그래서 천신만고 끝에 물을 만드는 방법을 알아냈을 땐 정말 기뻤지."

그리고 아빠는 직접 연구했다는 프로젝트를 설명하기 시작했다. 그건 정말이지 놀라웠다. 프로젝트의 출발은 DMZ의 식물이 다른 곳보다 천천히 마른다는 것이 발견되면서부터였다. 다른 전문가들과 함께 생명공학자인 아빠가 투입됐고, 곧 그것이 DMZ에만 서식하는 특별한 이끼 때문이라는 것이 밝혀졌다.

원래 이끼는 표면이 기공 구조로 되어 있어서 최대 3천퍼센트까지 수분을 흡수할 수 있다. 그런데 DMZ의 이끼는 그 100배인 30만 퍼센트의 수분을 흡수했다. 정부는 이 특별한 이끼에서 물을 뽑아내기 위해 나노메커트로닉스 연구소를 DMZ 내부에 마련했다. 아빠의 주도하에 이끼 DNA를 변형해 수분을 더 많이 흡수할 수 있도록 기공 표면적을 넓히는 실험이 시작됐고, 프로젝트를 시작한 지 3년 만에 성공했다. 막 내가 일곱 살이 되던 해였다.

"그때는 희망에 들떴어. 연구만 성공하면 이담이 네가 살아갈 세상은 가뭄에 시달리지 않아도 될 거라고 생각했지. 우리가 만들어 낸 특수한 이끼의 이름을 '천사의 별'이라고 지었어. 원래 DMZ에서 발견했을 때보다 정확히 1004배의 수분을 더 흡수할 수 있었기 때문이야. 이끼를 위에서 보면 별 모양이기도 하고, 무엇보다 대가뭄을 해결할 수 있는 그 이끼가 하늘에서 보내 준 천사 같았거든."

'천사의 별'은 다름 아닌 아빠가 만들어 낸 이끼의 이름이었다. 내 추측대로 DMZ에 숲이 남아 있는 건 이끼 때문이었다. 나는 놀라우면서도 어쩐지 허탈했다.

'그럼 지금까지 숲속에서 본 이끼가 전부 "천사의 별"

이었던 거야? 그토록 찾아 헤매던 것이 그렇게 지천으로 널려 있다고?'

그렇다면 그렇게 획기적인 방법을 발견했는데, 우리는 왜 여전히 가뭄으로 고통받는지 의문이었다. 무엇 때문에 '천사의 별'이 알려지지 않은 건지도.

내 질문을 듣기라도 한 듯 잠시 말을 멈춘 영상 속 아빠의 미간이 찡그려졌다.

"하지만 모두가 나와 같은 생각이 아니었던 거야. 정부가 차일피일 발표를 미룰 때 알아봤어야 했는데. 어느 날 갑자기 연구소를 폐쇄한다는 명령이 내려졌어. '천사의 별' 유전정보를 국가 1급기밀로 지정해 정부가 관리한다면서 말이야. 물이 권력인 시대에, 그 권력을 내려놓고 싶지 않았던 모양이야. 그런데 뜻밖에도 반군이 먼저 들이닥쳤단다. 연구소는 순식간에 점령당하고 말았지. 어떻게 알았는지 '천사의 별'을 정부에 넘기면 안 된다고 이야기하더라."

아빠는 잠시 숨을 가다듬고 다시 말을 이었다.

"혼란스러워하던 내게 한 젊은 반군이 울먹이며 말했어. 자기 여동생이 오염된 물 때문에 전염병에 걸려 죽었다고. 그렇게 죽어 가는 아이들이 하루에도 몇백 명이라고. '천사의 별'이 이런 세상을 유지하는 데 쓰이게 할 거냐고 말이야. 이담아! 그때 아빠는 네 얼굴을 떠올렸단다. 네게 더 나은 세상에서 살게 해 주겠다고 했던 약속도 생각났어. 그래서 위험한 줄 알면서도 반군에 들어갈 수밖에 없었던 거야."

아빠는 반군이 되었던 거다. 그래서 엄마와 나는 평생 쫓겨 다닐 수밖에 없었고. 엄청난 진실 앞에서 숨이 제대로 쉬어지지 않았다. 놀라움과 동시에 화가 치밀어 올랐기 때문이다. 이 모든 것이 정말 나를 위한 것이었을까. 엄마는 잡혀가고, 난 소년범이 되어 정부가 시키는 대로 '소년들의 날'에 참가해야 했다. 자칫 죽을 뻔한 고비도 몇 번이나 넘겼다. 그런데 이 모든 게 나를 위해서였다니.

"그만해, 그만하라고!"

더는 참지 못하고 소리를 질렀다. 대장이 놀란 눈으로 나를 쳐다보았다. 홀로그램이 공중에서 사라졌고, 오늘이의 눈빛이 다시 반짝였다.

"왜? 아빠 이야기가 안 듣고 싶어?"

"이해할 수 없어. 가족보다 더 중요한 게 어디 있어? 엄마와 내가 아빠 없이 얼마나 힘들게 살았는데. 알지도 못하는 사람들 때문에 가족을 버린다는 게 말이 돼?"

아빠가 반군에 가담하지만 않았어도 우리 가족은 돔팰리스에서 안전하고 편안한 생활을 했을지도 모른다. 그랬다면 내가 이렇게 위험에 빠지지 않아도 됐을 것이다. 아빠의 무책임한 죽음이 너무 원망스러웠다. 치미는 분노에 아무리 입술을 세게 깨물어도 눈물이 흘러나왔다.

그때 뒤에서 가만히 듣고만 있던 반군 대장이 내게 다가와서 말했다.

"그 젊은 반군이 나였어."

"네?"

"권 박사님, 그러니까 이담이 네 아빠를 설득한 게 나였다고. 어린 네게서 아빠를 빼앗아서 미안하다."

연이은 충격에 무슨 반응을 보여야 할지 몰라 머릿속이 하얘졌다. 내가 멍한 눈으로 굳어 있자 대장은 무거운 한숨을 내쉬었다.

"하지만 권 박사님이 아니었다면 세상은 지금보다 더 지옥 같았을 거야. 정부가 저렇게 무소불위의 권력을 누리게 된 건 지하수를 독점하고 있기 때문이잖아. 물을 내

세워서 계급을 나누고, 지상낙원이라는 돔팰리스에는 특권층만 살 수 있게 됐지. 이상하지 않아? 그 계급을 대체 누가, 어떤 기준으로 나누는 걸까? 왜 누구는 태어나면서부터 잘살고, 누군가는 빈민가에서 태어났다는 이유로 약 한 번 못 써 보고 죽어야 하냐고. 내 동생은…… 그때 고작 열 살이었어."

대장의 눈가가 붉어졌다. 태어나서 눈물 한 번 흘려 본 적 없을 것 같은 사람이 슬픔으로 목이 메는 걸 보니 이상하게 내 가슴도 찔린 듯 아파 왔다.

그런 내 눈길을 느꼈는지 대장은 헛기침을 하더니 이내 감정을 추슬렀다. 그러면서 말을 이었다.

"동생을 그렇게 허무하게 보내고 나니까 더는 이렇게 살 수 없다는 생각이 들었어. 그런데 사람들은 차별받는 것에 분노하기는커녕 그 낙원에서 살기를 꿈꾸더라고. 나는 뭐라도 해야 했어. 그래서 반군에 들어갔고, 연구소를 폐쇄하려는 걸 우리가 먼저 선수 쳐서 점령한 거야. 현 정부에 대항할 수 있는 건 '천사의 별'밖에 없어. 권 박사님도 그걸 알고 반군이 되길 택한 거고. 그들이 가장 두려워하는 건 모두가 평등하게 물을 얻는 거니까."

대장의 말이 전부 이해되지는 않았지만 정부가 왜 그렇게 '천사의 별'을 손에 넣으려고 혈안이 되었는지 알 것 같았다. '천사의 별'이 아주 위험한 무기라며 우리에게 했던 모든 말이 거짓이었다는 것도. 결국 서찬열 중령은 이 독재국가를 위해 '소년들의 날'을 설계한 것이다. 화가 치밀었지만 동시에 의문도 생겼다.

"그런데 아빠가 가족을 버리면서까지, 아니 자기 목숨을 버리면서까지 반군이 됐는데 왜 아직 아무것도 바뀌지 않은 거예요?"

"그건……."

설명하기가 어려운지 대장이 이마를 찡그렸다. 그러자 오늘이가 내 손을 잡아당기며 말했다.

"아빠가 아직 퍼즐을 다 못 맞춰서 그렇다고 했어."

"퍼즐이라니?"

"아빠는 '천사의 별'이 DMZ 바깥에서도 자랄 수 있는지 연구했어. 연구를 완성할 수 있는 퍼즐 조각은 이담이가 가져올 거라고 했고."

그 말에 정신이 퍼뜩 들었다.

"하지만 난 '천사의 별'이 뭔지도 몰랐는걸. 퍼즐 조각

따위 있을 리가 없잖아."

"으응? 하지만 아빠는……."

그때였다. 쿠쿠쿠쿵! 콰아앙! 엄청난 폭발음이 귀를 찢을 듯했다. 놀란 대장이 음성명령으로 인공지능을 불러 무슨 일이냐고 물었다.

"동남쪽 반경 5킬로미터에서 날아온 전투 드론 다섯 대가 레이저포를 발사했습니다. 현재 동남쪽에 위치한 F구역은 기능을 상실했습니다. 연결 통로도 막힌 상태입니다."

인공지능의 보고를 듣는 대장의 표정이 급격히 어두워졌다.

대장은 휠체어 버튼을 조작하며 말했다.

"아직 네가 들어야 하는 이야기가 남았지만, 그럴 겨를이 없어. 지금은 빨리 중앙 컨트롤 센터가 있는 D구역으로 돌아가야 해. 남은 이야기는 가면서 하지."

내가 어쩔 줄을 모르고 서 있자 대장이 버럭 소리를 질렀다.

"망설일 시간 없어. 저 폭탄이 뭘 의미하는지 모르겠어? 저들은 너희가 죽든지 말든지 상관없다는 거야. 지금은 우릴 돕는 게 네가 살아남는 길이야. 그런 다음에 '천사의 별'을 어떻게 할 건지 고민해도 늦지 않아."

맞는 말이다. 지금은 어떻게든 살아남아야 한다. 나는 주먹을 꽉 쥐고 대장의 뒤를 따랐다. 몇 발짝 가다 말고 뒤를 돌아보니 오늘이가 입술을 삐죽이며 꼼짝도 하지 않고 서 있었다. 어쩔 수 없이 나는 오늘이에게 돌아갔다.

"뭐 해? 안 가?"

"이담이는 오늘이를 확실히 지켜 줄 거야?"

"그게 무슨 말이야?"

"아빠가 오늘이 머리 안에 '천사의 별'에 대한 유전정보와 그걸로 물을 만들 방법을 설계한 프로그램을 넣어 두었어. 그걸 이용하면 모두가 목마르지 않고, 행복하게 살 수 있다고 그랬는데. 그러니까 오늘이를 나쁜 사람들한테 보내면 안 돼. 약속할 수 있어?"

오늘이의 말이 무슨 의미인지 생각하기도 전에 다시 폭발음이 울렸다.

나는 급한 마음에 다짜고짜 손을 내밀었다.

"알았어. 약속할게. 그러니까 일단은 여기서 나가자."

그제야 오늘이가 웃으며 내 손을 꽉 쥐었다. 대장의 뒤를 따라 달리다 문득 내가 쥐고 있는 이 손이 그토록 애타게 찾던 것이라는 걸 깨달았다. 이 순간을 위해 감옥에서 그 지긋지긋한 시간을 보냈고, DMZ에서 죽을 고비를 여러 번 넘겼다. 지금이라도 오늘이를 데리고 탈출하면, 나는 엄마를 구하고 돔팰리스에서 안전하게 살 수 있다.

고개를 들어 앞서가는 대장의 등을 바라보았다. 대장 혼자뿐인 지금이라면 탈출할 수 있지 않을까. 이대로 대장을 따라가면 앞으로 어떤 위험이 닥칠지 모른다. 솔직히 아빠와 대장처럼 반군이 되고 싶지는 않았다. 정부를 상대로 싸운다는 것은 열일곱 살의 내게는 너무 무서운 일이었다. 게다가 영영 엄마를 구할 수 없을지도 모른다는 생각이 들자 더욱더 도망치고 싶었다.

내가 뛰는 속도가 점점 느려지자 대장이 뒤돌아보며 외쳤다.

"왜 그래? 힘들어? 조금만 더 가면 네 친구들이 있는 D구역이야. 서둘러."

친구들이 기다리고 있다는 말이 가슴을 찔렀다. 나를 믿어 준 아이들의 얼굴이, 함께 살아 나가자던 약속이 떠올랐다. 그 애들이 있어 나 역시 여기까지 올 수 있었다.

혼자 도망갈 수는 없었다. 나는 머리를 세차게 흔들고는 느려진 발걸음을 다시 재촉했다. 숨이 차올랐고, 엄마의 비명이 들리는 것 같았다.

'아니야! 난 엄마를 포기한 게 아니야. 그러니까 조금만 기다려 줘, 엄마!'

끊임없이 터지는 폭탄 소리를 들으며 달리는 것에만 집중했다. 그런데 저만치쯤 대장의 휠체어가 멈춰 있었다. 잇따른 폭발로 땅굴의 약해진 벽이 무너져 내린 탓에 통로가 좁아졌다. 반대쪽 벽에 바짝 붙으면 빠져나갈 수 있지만, 대장의 휠체어로는 어림도 없었다.

나 혼자 힘으로는 대장을 부축하기 힘들어서 난감했다. 대장은 당황한 기색 없이 휠체어의 오른쪽 팔걸이에 있는 컨트롤러의 버튼을 눌렀다. 그러자 위잉 소리와 함께 휠체어 바퀴가 순식간에 작아졌다. 앉는 좌석 부분도 위에서 당긴 것처럼 수직으로 세워졌다. 다리와 허리를 고정하는 장치가 대장을 넘어지지 않게 붙잡아 주었다.

"와, 이거 보통 휠체어가 아니네요. 거의 로봇이네. 이렇게 좋은 기능이 있는데 왜 평소에는 안 쓴 거예요?"

대장은 휠체어를 측면으로 돌리고 좁은 공간을 겨우

빠져나왔다. 벌게진 그의 얼굴을 보니 대답을 듣지 않아도 알 것 같았다. 대장은 이마의 땀을 닦으며 다시 휠체어를 원래대로 돌렸다.

"보다시피 직립으로 바꾸면 에너지도 많이 들고, 내가 힘들기도 해서 말이야. 꼭 필요할 때가 아니면 잘 안 써."

자기 몸을 마음대로 움직일 수 없다는 한계가 번번이 대장의 발목을 잡았을 것이다. 문득 반군이 이렇게까지 하는 이유가 뭘까 하는 생각이 들었다. 처음과 다른 대장의 태도도 이해되지 않았다.

나는 내내 의아하게 여기던 것을 물었다.

"궁금한 게 있어요. 왜 처음부터 내게 아빠 이야기를 하지 않았어요? 반군에 투항하라느니, 숲으로 추방하겠다느니 그런 협박은 대체 왜 한 거예요?"

대장은 순간 당황한 듯했다.

"확인해야 했어. 네가 DMZ에 온 목적이 뭔지."

"내 목적에 따라 뭐가 달라지는데요?"

"네가 진짜 오늘이가 말한 퍼즐 조각을 가지고 온 건지, 아니면 단순히 '소년들의 날' 참가자인지. 최악의 경우 정부의 첩자일 가능성도 고려하지 않을 수 없었거든."

반군 대장이라는 사람의 철저함이 새삼스럽게 느껴졌다. 놀라면서도 전혀 눈치채지 못한 내가 멍청이 같았다.

"그래서 확인했어요? 지금은 어떻게 생각하는데요?"

대장은 잠시 고민하는 듯하더니 입을 열었다.

"박쥐?"

"네? 박쥐요?"

"솔직히 네가 어느 편에 붙을지 모르겠다. 정부군이 네 엄마를 잡아 두고 있으니 선택하기가 쉽지 않겠지. 네 마음이 확실해질 때까지 기다리려고 했는데, 보다시피 네 친구가 방해전파를 파괴하는 바람에 기다릴 여유가 없어졌어."

엄마가 붙잡힌 걸 어떻게 알고 있느냐고 묻자 대장은 금속 방에 갇혀 있던 나와 해우의 대화를 들었다고 했다. 소리까지 들으리라고는 생각하지 못했는데, 갈팡질팡하는 마음을 들킨 것 같아 얼굴이 화끈거렸다.

"내가 정말 오늘이를 데리고 정부군에 가 버리면 어쩌려고요?"

"어쩔 수 없지. 아빠를 잃은 네게 엄마까지 포기하라고 강요할 수는 없어. 가족을 잃는 슬픔이 뭔지 나도 잘 아니까. 하지만…… 적어도 지금 당장 네가 친구들을 버리고 갈 것 같진 않은데. 그 친구들은 우리에게 잡혀 있고 말이야. 그러니까 최후의 최후까지 방법을 찾아보자. 그래도 안 되면 널 붙잡지 않을게."

내가 무슨 고민을 하는지 대장은 다 알고 있었다. 그래서 선택할 기회를 주겠다고 한 것이다. 하지만 나는 마지막 순간에 올바른 선택을 할 수 있을지, 지금으로선 자신이 없었다.

대장은 복잡한 내 표정을 보더니 고민은 나중에 하라며 서두르자고 했다. 늦어진 만큼 속도를 올리는 대장의 휠체어를 따라 나는 오늘이의 손을 잡고 전력 질주했다. 숨이 차 헉헉거릴 때쯤 우리는 중앙 컨트롤 센터가 있는 D-17구역에 도착했다.

4부

6월 26일
: 6th Day

첩자

중앙 컨트롤 센터는 폭발의 흔적이 말끔히 치워져 있었다. 대장이 지시한 대로 메인 컴퓨터가 복구됐는지 반군들이 붙어서 바쁘게 움직였다.

대장은 내게 함께 들어가자고 했다. 몇 시간 전만 해도 여기를 찾아 땅굴을 헤맸는데, 이제는 당당하게 들어갈 수 있다는 것이 새삼 놀라웠다. 나는 변한 것이 없는데 나를 대하는 대장의 태도가 바뀐 것이 어색했다. 마치 나를 동료처럼 대하는 것 같아 부담스럽기까지 했다.

대장을 따라 오늘이의 손을 잡고 안으로 들어가던 나

는 깜짝 놀랐다. 센터의 구석진 곳에 해우와 아이들이 풀이 죽은 얼굴로 둥그렇게 둘러앉아 있었기 때문이다. 그 앞을 반군 두 명이 감시하고 있었다. 시영과 덩치도 조금 떨어진 곳에 쪼그리고 앉아 있는 것이 보였다.

반갑고 안쓰러운 마음에 아이들에게 뛰어갔다. 하지만 가까이 다가가지 못하고 멈칫할 수밖에 없었다. 지잉 소리와 함께 붉은 레이저 같은 선이 천장에서 내리꽂혔기 때문이다. 꼭 감옥의 창살 같았다. 아이들을 지키던 반군 하나가 날 막으며 말했다.

"물러서. 열 감지 레이저 트랩이니까. 건드리면 순식간에 몸에 구멍이 뚫릴걸."

"왜 내 친구들이 저기 있는 거예요?"

"이 자식들 폭격이 심해진 틈을 타서 탈출하려고 했어. 물론 얼마 못 가서 잡히고 말았지만. 가뜩이나 정부군 놈들 대응하느라 정신없는데, 보이는 곳에서 감시하는 게 좋겠다 싶어서 저 트랩을 설치한 거야."

그러고 보니 맞아서 부어 올랐던 해우의 얼굴이 더 말이 아니었다.

순간 화가 치민 나는 뒤에 있던 대장을 향해 말했다.

"내 친구들이 무슨 쥐새끼도 아니고, 당장 풀어 주세요."

대장은 이제 나와 아이들이 도망가지 않으리라 생각했는지 풀어 주라고 지시했다. 그러고는 컴퓨터 쪽으로 서둘러 이동했다.

레이저 트랩이 없어지자 아이들은 주춤주춤 일어섰다. 어디 크게 다친 곳은 없는 듯했다. 내가 가까이 가자 해우가 잘 떠지지도 않는 눈으로 나를 보며 웃었다. 은성은 눈물을 글썽이며 달려와 와락 나를 안았다.

"왜 이렇게 오래 걸렸어? 걱정했잖아. 그런데 둘이 무슨 일이 있었길래 대장이 저렇게 친절해진 거야?"

당연히 궁금한 게 많을 것이다. 어디서부터 이야기를 해야 하나 말을 고르는데, 은성이 내 뒤에 바짝 붙어서 숨어 있는 오늘이를 발견하고 놀랐다.

"얘는 누구야? 이렇게 위험한 곳에 어떻게 어린애가 있어?"

"얜 오늘이야. 어린애는 아니고……."

그때였다. 대장이 갑자기 나를 돌아보며 큰 소리로 외쳤다.

"잠깐만! ㄱ 얘기는 지금 하지 않는 게 좋겠어."

"왜요?"

당황한 내가 묻자, 대장은 미간을 잔뜩 찌푸린 채 잠시 틈을 두었다가 마침내 입을 열었다.

"아무래도 이 안에 첩자가 있는 것 같아."

첩자란 말에 갑자기 찬물을 끼얹은 듯 분위기가 싸늘해졌다. 아이들과 반군 모두 사색이 되어 서로의 얼굴을 힐끔거렸다.

"네? 첩자라니, 그게 무슨 말이에요?"

대장은 대답 대신 메인 컴퓨터 화면을 모두가 볼 수 있도록 공중에 띄웠다. 그건 땅굴 전체 지도였다. 그런데 꽤 많은 곳이 붉은색으로 표시돼 있었다.

"여기 이 붉은색은 정부군에게 공격받은 곳을 표시한 거야. 뭔가 이상하지 않아?"

대장의 질문에 나는 지도를 유심히 보았다.

"그러네요. 여기 D구역만 붉은색이 없어요. 일부러 여길 피하기라도 한 것처럼."

고개를 갸웃거리는 나를 대장이 날카로운 눈으로 바라보았다.

"맞아. 꼭 누가 이 복잡한 땅굴의 구조를 미리 알려 준 것 같지 않니?"

"하지만…… 어떻게 그게 가능해요?"

"아마도 방해전파 시스템이 사라지면서 이곳과 바깥의 통신전파도 연결이 가능해진 것 같아. 그래서 누군가 땅굴 지도를 넘겼을 테고."

그 말을 하면서 대장은 휠체어를 조작해 나와 아이들에게 가까이 다가왔다.

"그리고 그건 컴퓨터를 잘 다루는 사람이 할 수 있는 일이지. 내가 조금 전에 물어봤는데 말이야. 이 메인 컴퓨터를 복구시킨 게 누구냐고. 누구 이름이 나왔을까?"

대장의 매서운 시선이 향한 곳은 은성이었다. 그걸 알아챈 은성의 얼굴이 하얗게 질렸고, 나는 그럴 리가 없다고 소리쳤다.

은성은 더듬거리면서 겨우 말을 했다.

"나, 난 그냥 도움이 되고 싶어서……. 메인보드가 다 타 버려서 다른 컴퓨터에 있는 걸로 교체해 준 것뿐이에요. 그 덕분에 지금 기본 동작이라도 하고 있는 거고요."

"메인보드만 교체했어? 다른 건 손 안 대고?"

"네? 그게 무슨 말이에요? 이렇게 사람 많은 곳에서 내가 무슨 딴짓을 할 수 있다고요."

억울했는지 은성의 목소리가 높아졌다. 대장은 의심의 눈초리를 거두지는 않았지만, 딱히 증거는 없는 모양이었다. 그때였다.

"다른 컴퓨터가 있으면 딴짓할 수 있는데."

오늘이가 손을 들어 은성의 허리께를 가리켰다. 초고성능 안드로이드 로봇인 오늘이가 다른 컴퓨터의 전자파를 감지한 모양이다. 그 말을 듣자마자 은성이가 B구역 제어실에서 가져온 손바닥만 한 전자 패드가 떠올랐다. 설마, 하면서도 나는 은성에게 다가갔다.

당황한 은성이 반사적으로 손을 들어 제 가슴을 막았다. 하지만 그보다 대장의 손이 더 빨랐다. 몸을 비틀던 은성의 옷 안에서 툭 하고 패드가 떨어졌다. 내 발 바로 아래였다. 나는 떨리는 손으로 그걸 집어 들어 화면을 확인했다. 하지만 우리가 썼던 내비게이션 프로그램만 있을 뿐 아무것도 없었다.

괜한 의심을 한 것 같았다. 은성은 처음 만난 순간부터 유일하게 내 편이 되어 준 친구였다. DMZ 숲에서도 서로를 의지하며 여기까지 왔는데……. 하지만 한편으로는 체육관에서 시영을 따라나섰고, 반군에게 투항했던 모습이 생각났다. 살기 위해서 어쩔 수 없었다지만 바꿔 말하자면 살기 위해서는 어떤 짓이라도 할 수 있는 것이 아닐까 하는 생각이 들었다. 설령 그게 첩자 짓이라도.

나는 세차게 고개를 저어 생각을 떨치려 애썼다. 이 말도 안 되는 의심을 지우기 위해서라도 정확하게 확인해야 한다. 나는 패드를 오늘이에게 내밀었다.

"오늘아, 이 패드에서 최근 사용한 프로그램 기록을 알 수 있을까?"

오늘이는 재미있는 게임이라도 하는 것처럼 눈을 빛내더니 패드를 주시했다. 마치 키보드를 치는 것처럼 알 수 없는 글자가 엄청난 속도로 입력됐다. 제발 내 의심이 잘못된 것이기를 바랐다. 잠시 후 오늘이가 얼굴을 들었다.

"찾았다!"

"거기 뭐가 있어?"

내가 떨리는 목소리로 묻자, 오늘이는 고개를 끄덕였다.

"응. 여기 투명 앱이 있어. 지금은 아무것도 안 보이게 설정돼 있지만 이렇게 코드를 입력하면…… 이거 통신 앱이네. 데이터가 적게 드는 문자 타입의 통신 앱이야."

오늘이는 통신 내용을 복구한 패드를 내게 내밀었다. 땅굴 지도와 함께 '소년들의 날' 생존자가 누구인지 상세하게 보고한 내용이었다. 폭탄을 터뜨려 방해전파를 붕괴시킨 게 시영이라는 이야기도 있었다. 하지만 수신자가 비밀로 설정돼 있어 누구에게 보내는 것인지는 알 수 없었다. 혹시나 단서가 있을까 앱 여기저기를 살펴보았다.

그러다 문득 오른쪽 아래에 있는 로고가 어딘지 낯이 익다는 생각이 들었다. 날카로운 이빨을 드러낸 상어 모양. 그건 서찬열 중령의 군복에 달린 배지와 같았다.

숨이 턱 막혀 말이 잘 나오지 않았다.

"은, 은성이 네가…… 첩자였어?"

내가 쥐어짜는 목소리로 겨우 말하자 은성은 허물어지듯 그 자리에 주저앉았다. 흐으윽. 흐느낌 같은 신음이 흘러나왔다. 해우와 아이들도 그대로 얼어붙고 말았다.

구석 자리에 쪼그리고 앉아 꼼짝도 하지 않던 시영이 조롱하듯 말했다.

"하나뿐인 친구 어쩌고 하더니, 나보다 더 나빴네."

덜덜 떨면서 우는 은성을 보니 속이 울렁거렸다. 명치를 세게 얻어맞은 것 같기도, 매스꺼운 것 같기도 했다.

몇 번이나 심호흡을 하고서야 간신히 입을 열었다.

"혹시 내 주머니에 홀로그램 카드를 넣은 것도 너야? 언제부터야? 감옥에서 날 구해 줄 때부터?"

내내 고개를 숙이고 있던 은성이가 황급히 고개를 저었다.

"아니야, 그런 거……. 그 군인을 처음 만난 건 '소년들의 날' 최종 테스트 날이었어. 대결 상대를 바꾸려고 해킹하러 갔다가 들켰던 거야. 이제 끝장이라고 생각했는데, 뜻밖의 제안을 받았어."

은성은 곧장 어떤 방으로 끌려갔다고 했다. 처음 마주한 눈썹 짙은 군인이 은성에게 '천사의 별'을 찾지 않아도 집에 갈 방법이 있다며 관심이 있느냐고 물었다.

큰 벌을 받을 거란 각오를 했는데 오히려 집에 보내 주겠다니, 은성은 그 의도를 알 수 없어서 머뭇거렸다. 하지만 곧 거절할 수 없다는 걸 깨달았다. 군인이 모니터를 통해 시민권을 박탈당한 채 돔팰리스에서 추방당한 부모님의 모습을 보여 주었다. 빈민가의 허름한 집에서 금방이라도 쓰러질 듯 야위고 파리한 부모님의 얼굴을 보는 순간 은성은 무너지고 말았다.

자신 때문에 온 가족이 망가진 모습을 보는 건 누구에게나 감당하기 어려운 일이다. 더구나 군인은 시키는 대로만 하면 돔팰리스로 보내 주는 것은 물론 시민계급도 올려 줄 수 있다고 했다. 그러면 너와 가족은 언제든지 원할 때 물을 얻을 수 있을 거라고 했다. 은성은 모든 것을 바로잡을 수 있는, 아니 더 높은 곳으로 올라갈 기회를 놓치고 싶지 않았을 것이다.

군인은 내가 반군 본부를 찾을 수 있도록 전력을 다할 것과 본부에 가게 되면 그곳 상황을 알려 줄 것을 은성에게 지시했다. 은성은 떨렸지만, 지금 당장 부모님을 돔팰리스로 되돌려 보내 주는 조건이라면 하겠다고 말했다. 군인은 협상하는 거냐며 비웃으면서도 수락했다.

협상이 성사된 이후 은성은 그 군인의 도움을 받아 마지막 대결 상대를 직접 골랐다. 철저히 계산해서 내 상대까지도 선택했다. 시영이라는 변수 때문에 자칫 내가 최종 테스트에서 탈락할 뻔했을 땐 정말이지 심장이 떨어지는 줄 알았다고 했다.

은성의 말을 듣는 내내 나는 끓어오르는 분노를 주체하기가 힘들었다. 벌겋게 충혈된 눈으로 어금니를 꽉 깨문 나를 보며 은성은 자포자기한 듯 모든 것을 다 털어놓았다.

"나도 속이는 내내 괴로웠어. 변명 같지만 널 위험에 빠뜨리는 짓은 하지 않고, 어떻게든 도우려 했어. 하지만 숲에서는 예측할 수 없는 일이 자꾸 일어나니까 네가 지뢰 때문에 죽을 뻔했을 때도, 체육관에서 시영이에게 습격당했을 때도, 내가 할 수 있는 게 없었어. 이대로 네가 실패할까 봐 겁이 났어. 그래서 여기저기 눈치를 봤던 거야. 비겁하다고 욕해도 좋아. 어떻게든 살아남고 싶었어. 최악의 경우 너 대신 '천사의 별'을 찾아야 했으니까. 그래야 다시 내 자리로 돌아갈 수 있으니까."

말을 끝낸 은성이 얼굴을 가리며 흐느끼자 내 옆에 서 있던 해우가 가까스로 화를 참듯 나지막이 말했다.

"여기 가족에게 돌아가고 싶지 않은 사람이 어디 있어. 너만큼 간절하지 않은 사람이 어디 있냐고."

꽉 쥔 해우의 주먹은 부들부들 떨리고 있었다. 다른 아이들 역시 몹시 분개한 듯 인상 쓰며 은성을 내려다보았다. 폐가에서 서찬열 중령이 보낸 메시지를 봤을 때도 은성을 의심하지 않았다. 믿었던 만큼 배신감이 컸고, 그래서 마음이 더 아렸다. 하지만 그것보다 먼저 확인할 것이 있었다.

"혹시 그 군인이 '소년들의 날'에 대해 설명해 주던 설계자였니?"

내 질문에 은성이 깜짝 놀라 고개를 들었다.

"네가 그걸 어떻게 알아? 그 사람을 거기서 다시 보게 될 줄은 몰랐어."

역시 은성에게 접근한 사람은 서찬열 중령이었다. 그가 하필 은성을 첩자로 점찍은 이유를 알 것 같았다. 그건 아마도 내 친구이기도 했지만 다른 아이들과 달리 은성이 돔팰리스 시민 출신이기 때문이었으리라. 잃은 것이 큰 사람은 후회도 큰 법이다. 잃어버린 걸 되찾고자 하는 욕망을 건드리면 거절할 수 없다는 걸 알았을 것이다. 엄마를 납치한 것도 모자라 가장 친한 친구를 첩자로 만들다니, 솟구치는 분노로 이가 바득바득 갈렸다.

"서찬열이라는 그 군인이 우리 엄마도 납치했어. 나한테 '천사의 별'을 찾아오지 않으면 다시는 엄마를 볼 수 없을 거라고 협박했다고. 그래서 내 발로 감옥에 들어갈 수밖에 없었던 거야."

은성도 그건 몰랐던지 "미안해. 정말 미안해"라며 얼굴을 잔뜩 일그러뜨리며 오열했다. 해우 말고는 다른 아이들도 놀란 얼굴이었다.

그런데 반군 대장의 표정이 심상치 않았다. 이미 알고 있는 사실인데도 뭔가 끔찍한 말을 들은 것처럼 얼어붙은 모습이었다. 부대장이 왜 그러냐고 묻자 가까스로 정신을 차린 그가 물었다.

"지금 '소년들의 날'을 설계한 사람이 서찬열이라고 했어? 그 자식이 네 엄마도 납치했고?"

그의 이름을 내뱉는 대장의 얼굴이 흙빛이었다.

"네, 맞아요. 아는…… 사람이에요?"

"아는 사람이냐고? 그날 이후 꿈에서라도 놈을 잊어 본 적이 없어. 서찬열 그 비열한 자식이 8년 전 우리를 배신하고 정부군에 투항했거든. 그래서 동료 대부분이 죽었고."

"서찬열 중령이 원래 반군이었다고요? 어, 어떻게 그런 일이……."

너무 뜻밖의 충격에 얼이 빠진 것도 잠시, 한 가지 사실이 번쩍 뇌리에 떠올랐다.

"잠, 잠깐만요. 8년 전이면 아빠가 돌아가셨을 때 아니에요?"

"그래, 맞아. 권 박사님도 그놈 때문에 돌아가신 거나 마찬가지야."

어떻게 그럴 수가. 엄마의 납치가, 아빠의 죽음이 모두 서찬열 그 사람의 짓이라니.

미칠 것 같은 분노가 칼날이 되어 가슴을 찔렀다. 당장이라도 그를 찾아가 내가 느끼는 고통과 증오를 되돌려주고 싶었다. 하지만 그 전에 그날 무슨 일이 있었는지 알아야 했다.

8년 전

나는 치미는 화를 겨우 삼키고는 대장과 마주 보았다.
고통스러운 기억이 떠오른 듯 그의 미간에도 굵은 주름이
잔뜩 잡혀 있었다.

"도대체 그날 아빠에게 무슨 일이 있었던 건지 말해 주
세요."

내 말에 고개를 끄덕이고 나서도 대장은 말을 꺼내기
가 쉽지 않은지 몇 번이나 한숨을 내쉬었다. 그러고는 쉰
듯한 목소리로 겨우 이야기를 시작했다.

"10년 전이었어. 권 박사님의 합류로 '천사의 별'을 손

에 넣게 된 반군의 사기는 하늘을 찔렀지. 그땐 당장이라도 세상을 바꿀 수 있을 것 같았거든. 하지만 '천사의 별'이 황무지에서도 자랄 수 있도록 하는 이식 프로젝트는 아직 완성되기 전이었어. 그래서 우리는 DMZ 내부에 있는 연구소를 지키기 위해 과학자들과 함께 방해전파를 개발했던 거야. 그 덕분에 정부군의 공격에서 벗어날 수 있었지만 외부와의 연락도 완전히 단절되고 말았지. 그래도 그땐 그 기간이 그리 길지 않을 거라고 생각했어."

그러고 보니 어렴풋하게 기억나는 것이 있었다. 아빠가 사라지고 나서 매일 밤 라디오처럼 생긴 기계 앞에 앉아서 애타게 다이얼을 돌리던 엄마의 모습이. 그조차도 얼마 하지 못하고 조용히 치워졌지만. 아마도 방해전파가 완성되고 나서 아빠의 연락도 끊겼을 것이다. 엄마는 아빠가 반군이 됐다는 것을 알고 있었을까. 그때 엄마가 어떤 기분이었을지 도저히 상상되지 않았다.

대장의 이야기는 계속됐다.

"하지만 2년이 다 되도록 '천사의 별' 이식 프로젝트는 완성되지 않았어. 권 박사님은 마지막 퍼즐을 맞출 조각이 없다며 괴로워하셨지. 시간이 지날수록 모두 지쳐 갔지만 그렇다고 도망갈 곳도 없었어. 주민 인식 칩에 오류를 일으키는 방해전파 때문에 반군 역시 연구소를 벗어날 수 없었으니까. 그러다 결국 그날 밤, 일이 벌어지고 말았던 거야."

생생하게 그날의 일이 떠올랐는지 대장이 눈을 감고는 숨을 몰아쉬었다. 다음 이야기를 재촉하기에는 그의 얼굴이 너무 고통스러워 보였다. 어깨를 크게 들썩이며 숨을 쉰 대장은 손바닥으로 눈두덩이를 꾹꾹 누르고서야 눈을 떴다.

"모두가 잠든 밤에 아무런 기척도 없이 정부군이 밀어닥쳤어. 누군가 방해전파를 꺼 버린 거야. 우리는 속수무책으로 당했고 그때 반군 대부분이 목숨을 잃었지. 살아남은 소수만이 간신히 땅굴로 숨어들었는데, 같이 도망친 친구가 보이지 않았어. 의형제를 맺을 정도로 가까운 녀석이라 난 위험을 무릅쓰고 되돌아갔고, 거기서 보게 된 거야. 정부군과 함께 웃고 있는 그 친구를. 서찬열 그 녀석이…… 첩자였어."

말을 꺼내는 것만으로도 힘들고 지쳤는지 대장은 휠체어 등받이에 몸을 완전히 기댔다. 대장의 얼굴이 10년은 더 늙은 것 같았다. 가장 친한 친구가 첩자였고 그 때문에 다른 동료들이 죽기까지 했다. 나는 조금 전 은성 때문에 느꼈던 배신감은 비할 바가 아니라는 생각이 들었다.

"서찬열 그 사람은 처음부터 정부군의 첩자였던 건가요?"

가만히 듣고 있던 해우가 물었다. 그러자 대장은 고개를 저었다.

"아니. 서찬열은 반군 중에서도 돔펠리스에서 온 몇 안 되는 엘리트 군인이었어. 군대에 있을 때, 정부가 빈민가에 나눠 주는 필터가 불량이라는 걸 발견하고는 그걸 상부에 보고했다가 묵살당했대. 서찬열은 사람 목숨을 차별하는 정부를 위해 일할 수 없었다고 했어. 자기가 누리던 안락한 삶을 버리고 온 양심적인 친구라고 생각했지. 그래서 의형제까지 맺었는데……."

대장은 한숨을 쉬었다.

"돔펠리스 출신이라 고되고 궁핍한 생활을 더 견디지 못했을지도 몰라. 하지만 그 배신은 반군에게 너무 치명적이었지. 돌아오던 나는 결국 정부군 총탄을 다리에 맞고 말았어. 겨우 땅굴까지 도망쳤지만 그 후로 다시는 내

다리로 설 수 없게 됐지. 권 박사님도 상처가 심했지만 오늘이와 방해전파 프로그램을 복구하느라 치료를 제대로 할 수가 없었어. 박사님은 마지막 힘을 다해 방해전파를 다시 가동하고는 눈을 감으셨지. 이다음 세상을 위해 '천사의 별' 이식 프로젝트를 반드시 완성하라는 말을 남기시고 말이야."

아빠의 마지막 순간을 직접 전해 듣자 또다시 슬픔이 휘몰아쳤다. 오늘이가 보여 준 아빠의 메시지는 그때 남긴 것이리라. 그것은 죽음을 예감한 아빠가 내게 남긴 마지막 유언 같은 거였다. 콧날이 시큰해졌지만 울지 않으려고 아랫입술을 꽉 깨물었다. 대장의 긴 이야기에도 여전히 해결되지 않은 점들이 있었기 때문이다.

"그래도 궁금한 게 있어요. 서찬열 중령도 오늘이의 존재를 알고 있었던 거예요? 그렇다고 하더라도 어떻게 열일곱 살의 날 대번에 알아본 거죠? 내가 DMZ에 올 거라는 건 또 어떻게 안 거고요?"

내가 질문을 쏟아 내자 대장은 한쪽 손으로 턱을 문질렀다. 뭔가 고심할 때마다 하는 버릇인 듯했다.

"반군이었을 때 나를 비롯한 몇 명의 반군 지도부는 권 박사님이 오늘이를 딸의 모습으로 프로그래밍한 걸 알고 있었어. 앞으로 어떤 모습으로 자랄지 시뮬레이션한 것도 봤고. 그래서 서찬열이 이담이 널 알아봤던 거겠지. 그리고 박사님은 비상사태가 벌어지면 오늘이를 깨울 수 있는 유일한 방법으로 딸의 DNA가 필요하도록 설정해 두셨어. 그걸 알고 있는 서찬열은 언제고 이담이 네가 DMZ로 올 거라고 생각했을 거야. 그래서 '소년들의 날'도 설계했던 거고. 결국 이 모든 것이 서찬열 그 자식이 꾸민 계략이었던 거야."

그렇다. 그래서 서찬열 중령은 나를 단번에 알아본 것이다. 그의 치밀한 계획에 소름이 돋았다. 한편으로는 왜 그렇게까지 해야 하는지 도무지 이해할 수가 없었다. 살기 위해 어쩔 수 없었다 해도, 동료를 배신하고 죄책감을 느끼기는커녕 한때 자신이 꿈꿨던 세상을 막기 위해 혈안이 되어 있었다. 죄 없는 아이들을 죽음으로 몰아넣고, 살아남은 동료들까지 완전히 제거하려는 것이다. 끝을 알 수 없는 그의 욕심이 너무 두려웠다.

그때였다. 여태 구석에 앉아 있던 시영이 몸을 일으켜 내 옆으로 다가왔다.

"여기서 매우 궁금한 것이 있는데 말이야. 그럼 처음부터 권이담이 우승자가 될 계획이었다는 거야? 나머지는 다 들러리였던 거고? 그런 거야?"

시영의 말에 아이들이 움찔하며 나를 쳐다보았다. 다들 표정이 복잡미묘했다. 은성이 내 눈치를 보더니 쭈뼛거리며 말을 꺼냈다.

"나도 그때 왜 하필 이담이냐고 물었어. 이담이가 시영이나 해우처럼 우승 후보로 꼽히지도 않았잖아. 그랬더니 그 군인이 웃으면서 '자기가 오랫동안 기다린 아이'라고 했어. 그러니 반드시 '천사의 별'을 찾을 거라고."

은성의 말이 시영의 의심에 불을 붙인 듯했다.

"그럼 뭐야. 들러리들은 다 여기서 죽을 팔자였다는 거야?"

"그, 그렇지 않아. 나도 조금 전까지 아무것도 몰랐다고. 내가 몇 번이나 죽을 뻔했다는 거 너도 알고 있잖아."

"어쨌든 지금은 '천사의 별'이 뭔지, 오늘이가 뭔지 너만 알고 있잖아. 결국 네가 우승할 텐데, 서찬열이 반군에게는 죽일 놈일지 몰라도 넌 이제 협상만 하면 되는 거 아니야?"

시영의 비아냥거림에 아이들의 눈빛이 흔들렸다. 오늘 이 손을 잡고 오면서 그런 유혹을 떠올리지 않은 건 아니었다. 하지만 결국 나는 돌아왔다.

억울한 마음에 그만 목소리가 높아졌다.

"나 혼자 가지 않아. 어떻게든 너희와 같이 살아남을 방법을 찾을 거야! 그러려고 여기 서 있는 거고."

"그래? 어떻게? 며칠 전에도 그렇게 얘기하더니 아직도 그 방법을 찾고 있는 거야? 정부군이 바로 코앞에 있는데?"

"그, 그건……."

아무 말도 하지 못하는 내 옆에 해우가 와서 섰다.

"김시영. 이 모든 게 네가 방해전파를 날려 버렸기 때문이잖아. 아니, 그 전에 이담이가 널 구하지 않았다면 이렇게까지 안 됐을지도 모르지. 안 그래?"

해우가 따지고 들자, 시영도 무안했던지 "누가 구해 달랬어?" 혼잣말처럼 중얼거리고는 몸을 돌렸다. 그러고는 대장을 향해 단도직입적으로 물었다.

"아저씨는 이제 어떻게 할 생각인데요? 이유야 어찌 됐든…… 방해전파도 없는데 어떻게 싸울 계획이죠?"

대장은 정곡을 찔린 듯 움찔했다. 하지만 곧 표정을 가다듬고 센터에 있는 반군들을 둘러보았다.

"이 인원으로는 정부군에 맞설 수 없어. 하지만 우리는 '천사의 별'을 끝까지 지킬 생각이다. 그래서 말인데, 지금부터 모두 내 말 잘 들어."

대장은 휠체어 버튼을 눌러 메인 컴퓨터 앞으로 갔다.

"이제부터 비상 탈출을 할 계획이다. 8년 전 일 때문에 우리는 방해전파가 가동하지 않는 사태를 준비해 왔어. 더 이상 DMZ가 우리를 지켜 줄 수 없다면, 버려야지. 지금 가장 중요한 건 '천사의 별'을 지키는 거니까. 그러려고 오늘이를 급하게 깨운 거고."

말을 마친 대장이 컴퓨터 앞에 있던 반군에게 눈짓을 하자 그가 뭔가를 입력했다.

"블랙 코드! 블랙 코드! 지금부터 비상 탈출로 문을 개방하겠습니다."

인공지능 안내와 함께 아이들이 갇혀 있던 쪽의 벽이 움직이기 시작했다. 각종 컴퓨터와 기계로 가득한 센터 안에 그쪽 벽만 비어 있어서 이상하다고 생각은 했는데, 저게 문이었다니. 깜짝 놀라 옆으로 열리는 벽을 쳐다봤

다. 그 너머에는 원래 통로로 이용되던 땅굴보다는 훨씬 좁은 긴 굴이 이어져 있었다.

"이 길은 남쪽 접경 지역까지 연결돼 있어. 우리는 서울로 숨어들 생각이다. 버려진 도시여도 우리가 몸을 숨기기에는 그만한 곳이 없으니까. 원하는 사람은 우리와 함께 DMZ 바깥으로 탈출해도 좋아."

대장이 나와 아이들을 돌아보며 말했다. 줄곧 불안에 떨던 아이들 얼굴에 다시 생기가 돌았다. 즉, 무사히 살아남아도 감옥으로 돌아가지 않아도 된다. 시영도 그렇게 생각했는지 긴장된 표정이 누그러졌다.

하지만 나는 생각이 복잡했다. 나를 완전히 믿지도 않으면서 '천사의 별'과 오늘이의 비밀을 알려 준 것은 결국 오늘이를 깨워서 탈출하기 위해서였다. 최악의 경우 DMZ 바깥에서도 연구는 이어 갈 수 있으니까. 하지만 서찬열 중령에게 잡혀 있는 엄마는 아무도 신경 쓰지 않았다. 내가 주춤하자, 대장이 내 마음을 눈치챘는지 한층 부드러워진 얼굴로 다가왔다.

"이담아, 네가 엄마 걱정하는 건 당연해. 하지만 우리가 '천사의 별' 유전정보를 담은 오늘이를 데리고 있는 이상 서찬열도 엄마를 어떻게 하지는 못할 거야. 일단 여기를 벗어나서 엄마를 구할 방법을 함께 찾아보자."

아이들도 조급한 얼굴로 나를 쳐다보았다. 하지만 나는 좀처럼 움직일 수 없었다. 대장이 내게 선택권을 주겠다고 해 놓고 결국 자신이 계획한 방향으로 몰고 가는 건 아닌지, 내가 이용당하는 건 아닌지 마음이 불편했다.

"야! 막말로 서찬열인가 뭔가 하는 사람이 아직 네 엄마를 살려 뒀는지 알 게 뭐야?"

내가 계속 망설이자 시영이 짜증을 내며 소리를 빽 질렀다. 그 말이 가뜩이나 불안했던 내 마음에 불을 붙이고 말았다. 나는 더 참지 못하고 시영에게 달려들었다.

"아니야! 엄마는 살아 있어. 우리 엄마는 그렇게 쉽게 죽지 않아. 내가 구하러 갈 때까지 어떻게든 살아 있을 거라고!"

머리끝까지 화가 치밀어 오른 나는 시영의 밉살스러운 얼굴을 향해 주먹을 날렸다. 시영은 뒤로 물러나며 피했고, 동시에 내 가슴팍을 향해 발길질을 했다. 나는 우당탕 소리와 함께 뒤로 넘어지고 말았다. 해우와 덩치가 급하게 말리지 않았다면 싸움이 더 커졌을 것이다. 나와 시영은 서로를 노려보며 씩씩거렸다.

그때였다. 오늘이가 갑자기 내 주머니를 가리켰다.

"그 투명 앱에 방금 메시지가 왔어."

아직 은성의 정체가 발각된 줄 모르는 서찬열 중령이 메시지를 보낸 모양이다. 나는 떨리는 손으로 패드를 꺼냈다. 오늘이가 패스워드를 해제해 놓아서 메시지가 바로 보였다.

'지금쯤이면 권이담이 모든 걸 알았을 테니 다른 마음을 먹을 수 있다. 그때처럼 이 영상을 홀로그램 카드에 넣어 몰래 전달하라'라는 내용과 함께 영상 파일이 하나 도착해 있었다. 불안한 예감이 엄습했지만 확인하지 않을 수 없었다. 영상을 재생시키는 순간 나는 다리에 힘이 빠져 비틀거리고 말았다. 손으로 바로 옆에 있는 책상을 짚고서야 중심을 잡을 수 있었다.

영상 속에서는 눈에 띄게 초췌해진 엄마가 손을 뒤로 묶인 채 의자에 앉아 있었다. 첫 번째 홀로그램 메시지에서 봤던 바로 그 장소였다. 다른 것은 엄마의 눈이 가리개로 가려진 채였고, 벽에 디지털시계가 부착돼 있었다. 시계는 '6월 26일 16시 21분'을 나타내고 있었다. 정확히 지금보다 한 시간 전이었다. 그런데 그 아래에 조금 작은 숫자가 보였다. 숫자는 '02:58:35'에서 금방 '02:58:34'로 줄어들었다. 영상이 재생되는 동안에도 숫자는 계속해서 줄어들었다.

"저거 타이머잖아!"

비명을 지르듯 말을 내뱉고는 나는 그 자리에 주저앉고 말았다.

결심

"어, 어떡해. 엄마가…… 위험한 것 같아."

도저히 참을 수 없는 울음이 새어 나왔다. 대장이 나지막한 목소리로 서찬열을 욕했을 뿐 아무도 입을 열지 못했다.

그러는 동안 홀로그램 영상은 끝이 났다. 타이머가 '02:57:00'을 가리킬 때였다. 어떤 설명도 없었지만 서찬열 중령이 내게 보내는 경고임에 틀림없었다. 두 시간 오십칠 분, 아니 이미 한 시간 전에 찍은 영상이었으므로 이제는 한 시간 오십칠 분 남았다. 그 시간 안에 '천사의 별'

을 가져가지 않으면 엄마에게 어떤 나쁜 일이 일어날지 몰랐다.

새하얘진 머릿속에는 나를 혼자 키우느라 온갖 고생을 했던 엄마의 모습이 자꾸 떠올랐다. DMZ 철조망 아래에서 끌려가던 엄마가, 타이머 아래 눈을 가리고 있는 엄마가 보였다. 그리고 타이머가 0을 가리킬 때 벌어질 일이 온갖 형태로 내 머릿속에서 벌어졌다. 상상 속에서 엄마는 몇 번이나 죽었다. 그때마다 온몸이 벌벌 떨렸다.

'안 돼! 그럴 순 없어!'

아빠를 잃었는데 엄마까지 잃을 수는 없었다. 설령 평등하고 정의로운 세상이 온다고 해도, 엄마가 없으면 내게는 아무 의미도 없었다. 나는 엄마를 어떻게든 구하고 싶었다. 그게 서찬열 같은 나쁜 놈에게 무릎을 꿇는 일이라 해도 말이다. 이다음 세상을 만들자던 홀로그램 속 아빠의 이야기는 군인에게 끌려간 엄마의 비명이 뒤덮어 버렸다.

지금 당장 오늘이를 데리고 서찬열 중령에게 가야 했다. 어쩌면 내 친구들도 함께 돔팰리스로 데려가 달라고 협상할 수 있을지도 모른다. 그렇게 결심하자 무엇을 해야 할지 떠올랐다. 나는 오늘이의 손을 잡고 내 쪽으로 잡아끌었다.

"미, 미안해요. 아무래도 난 엄마를 구해야겠어요."

대장의 얼굴이 실망으로 일그러졌다.

"아까 약속했잖아요. 나보고 선택하라면서요? 그리고 어차피 날 막지는 못할 거예요. 오늘이는 내가 깨웠고, 내 말만 들을 거예요. 오늘아, 그렇지?"

나는 무릎을 굽혀 오늘이와 눈을 맞추었다. 오늘이는 "응" 하고 대답했다.

절대 나를 막을 수 없다는 걸 보여 줘야 했다. 그러기 위해서는 오늘이의 도움이 필요했다. 초고성능 로봇인 오늘이라면 다른 컴퓨터를 쉽게 제어할 수 있을 것이다.

"오늘아, 지금 당장 비상전력 시스템을 멈춰."

내 말이 끝나기가 무섭게 사방이 깜깜해졌다. 환기 시스템이 멈춰 실내 온도가 올라갔다. 겨우 작동되던 컴퓨터도 모두 꺼지고 말았다. 그러자 기계장치와 연결돼 있었는지 비상 탈출구의 문도 닫혔다. 어둠 속에서 당황한 반군과 아이들의 외침이 들렸다.

"권이담, 네 뜻 알겠어. 널 막을 생각은 없으니 다시 불을 켜."

대장의 담담한 목소리가 들려왔다. 나는 오늘이에게 전력을 다시 가동하라고 말했다. 씁쓸한 대장의 얼굴을 똑바로 볼 자신은 없었다. 나는 고개를 숙인 채 오늘이의 손을 잡고 센터 입구로 걸어갔다. 부대장이 씩씩거리며 나를 막아섰지만, 대장이 고개를 저었다. 그가 문에서 비켜서자 나는 무거운 걸음을 옮겼다. 하지만 이내 시영의 고함이 귓전을 때렸다.

"지금 뭐 하자는 거야? 너 혼자 살겠다고 우릴 버리고 도망가는 거야?"

다른 아이들도 어리둥절한 채로 눈만 끔뻑거리며 날 쳐다보았다.

"미안해. 정말 미안해. 내가 가서 협상을 해 볼게. '천사의 별'을 넘기는 대신 모두 살려 달라고 말이야."

내 말에 대장이 코웃음을 쳤다.

"협상이라니. 그게 가능할 거라 믿어? 협상도 동등한 관계에서나 가능한 거지. 그들에게 우리는 물만 축내는 벌레나 다름없어. 서찬열은 그런 정부를 위해 일하고, 거기서 살아남기 위해 더 아등바등하는 놈이야. 반군이었다는 오점을 지우기 위해 더 악랄하게 구는 거란 걸 모르겠어?"

미안한 마음에 협상해 보겠다고 했지만, 어쩌면 나도 처음부터 알고 있었을지 모른다. 이들 모두를 구할 방법은 없다는 것을. 하지만 내가 친구들에게 했던 약속은 전부 진심이었다. 지금도 미치도록 모두를 구하고 싶었다. 엄마를 구하러 가야 하는데, 마음이 자꾸만 흔들렸다.

내가 어쩔 줄 모르고 머뭇대는 사이, 시영이 내게 달려들었다. 멍하니 서 있는 반군에게서 레일건을 빼앗은 시영의 얼굴이 시뻘겋게 달아올라 있었다. 그런 채로 내게 소리쳤다.

"권이담, 혼자 빠져나가게 둘 줄 알았어?"

놀란 나는 미처 피하지 못했다. 그때 해우가 시영에게 몸을 날려 둘은 그대로 함께 바닥에 굴렀다.

해우는 무기를 쥔 시영의 손을 가까스로 붙잡으며 외쳤다.

"이담아! 어서 가! 여긴 내가 막을 테니까 가서 엄마를 구해, 빨리!"

내가 우승하게 해 주겠다고 약속했던 해우는 필사적으

로 시영을 막았다. 엎치락뒤치락하는 둘을 보며 아이들은 누구 편을 들어야 할지 몰라 우왕좌왕했다. 부대장은 지금 붙잡아야 한다고 외쳤지만 대장은 고개를 저었다. 대장은 이제 어떻게 할 거냐는 듯 냉담한 눈길로 나를 바라볼 뿐이었다.

시영이 바락바락 소리를 질렀다.

"아직도 권이담을 믿는 거야? 정말 우리를 위해 협상을 할 거라고 생각해? 대장 얘기 못 들었어? 우리 모두 쟤가 하는 알량한 거짓말에 속고 있는 거라고!"

내가 주춤거리며 몸을 일으키자 의심 가득한 아이들의 시선이 눈에 들어왔다. 무서웠다. 그래서 나는 오늘이의 손을 잡고 그대로 몸을 돌렸다. 달아나는 등 뒤로 거짓말쟁이라고 비난하는 시영의 외침이 날아들었다. 나는 한 손으로 귀를 막으며 앞으로 달려 나갔다.

더는 아무것도 보이지도 들리지도 않았다. 바깥으로 통하는 통로는 대부분 폭격으로 무너졌고, 정부군이 남겨 놓은 길 하나만 멀쩡했다. 얼마나 정교하게 폭격했는지 길을 헤맬 필요도 없이 뚫린 길만 보고 가면 될 정도였다.

저 멀리 빛이 보이기 시작했다. 이제 조금만 더 가면 땅굴을 벗어날 수 있었다. 하지만 점점 다리가 무거워져 나는 결국 멈추고 말았다. 사실 무거운 건 다리가 아니라 마음이었다.

마침내 서로의 이름을 불러 주게 된 친구들의 얼굴이 머리에서 떠나질 않았다. 마음을 열고 진심으로 서로를 대하던 순간이 자꾸만 떠올랐다. 데리러 갈 때까지 꼭 버티고 있으라고 태기 형에게 했던 말이, 너를 잃고 싶지 않다는 해우를 향한 고백이, 어떻게든 모두 살아남는 방법을 찾겠다고 아이들에게 다짐했던 말이 생각났다. 다 내가 했던 말이다. 친구들에게 거짓말쟁이가 되고 싶지 않았다.

하지만 동시에 엄마를 잃을까 봐 너무 두려웠다. 아빠와 대장의 바람대로 세상을 바꾸기에 나는 너무 부족했고 비겁한 겁쟁이였다. 차라리 이기적이기라도 했으면 좋으련만, 어느 쪽도 선택하지 못하고 갈팡질팡하는 내가 너무 못난 것 같았다. 그만 왈칵 눈물이 솟구쳤다.

오늘이가 날 빤히 올려다보며 물었다.

"왜 그래? 왜 울어? 너무 어려워서 그래?"

"어?"

"아빠가 말한 '모두가 목마르지 않고 행복하게 살 방법' 말이야. 그 방법 찾기가 어려워서 그런 거 아니야? 아빠가 오늘이한테 부탁했어. 이담이가 방법을 찾을 수 있도록 도와주라고."

그러더니 아빠의 홀로그램 메시지를 허공에 띄웠다.

"아까 중간에 듣다가 멈췄잖아. 끝까지 들어 보면 방법을 알 수 있을 거야."

"아니야. 오늘아, 지금 그럴 시간 없어."

지금 아빠의 목소리를 들으면 마음이 약해질 것 같았다. 하지만 오늘이는 막무가내로 아빠의 메시지를 재생시켰다. 듣지 않으려고 했지만 다정한 아빠의 음성은 내 귀를 파고들었다.

"이담아! 안타깝지만 아빠한테는 시간이 얼마 남지 않았어. 그게 무섭지는 않아. 다만 '천사의 별' 이식 프로젝트가 이대로 실패할까 봐 두려울 뿐이야. 언젠가는 네가 바뀐 세상에서 행복하게 살 수 있을 거라 기대하며 버텼는데……. 그래도 아빠는 끝까지 포기하지 않을 생각이야. 내가 아니더라도 누군가 그 방법을 찾을 때까지 오늘이를 잠들게 하려고 해. 그리고 오늘이는 이담이 너의

DNA로만 깨울 수 있도록 설정했단다."

이미 대장에게 들은 내용이었지만 아빠의 음성으로 직접 들으니 다시금 슬픔이 차올랐다. 눈물로 눈앞이 점점 흐려졌다. 그런데 영상 속 아빠가 갑자기 긴장한 얼굴로 듣는 사람도 없는데 목소리를 낮추었다.

"지금까지의 내용은 반군 지도자 몇몇도 알고 있어. 하지만 이제부터는 아빠 혼자만 알고 있는 사실을 말할 거야."

갑작스러운 이야기에 나도 덩달아 바싹 긴장이 됐다. 무슨 비밀일지 몰라 쿵쿵거리는 가슴을 겨우 진정시키며 아빠에게 집중했다.

"사실 아빠는 땅굴에 숨어서 방해전파를 다시 가동하기 전에 네 엄마와 마지막 연락을 했단다. '천사의 별' 이식 프로젝트를 완성할 방법을 찾아달라고 부탁했어. 그리고 그걸 찾으면 펜던트에 저장해 이담이 널 DMZ로 보내달라고 했지. DMZ에는 주민 인식 칩을 이식하지 않은 아이들만 올 수 있으니까 말이야."

그러면서 아빠는 펜던트에 대한 설명을 덧붙였다. 그것은 아빠가 반군이 되기 전에 '천사의 별'을 발견한 기념으로 만든 선물이었다. DMZ 내부 연구소에서 지내느라 엄마와 오래 떨어져 있었고, 그래서 특별한 선물을 하고 싶었다고 했다. 우리 가족의 DNA에만 반응해 불빛을 내뿜도록 했는데 똑같은 모양이어도 엄마의 것은 붉게, 아빠의 것은 파랗게 빛났다. 처음에는 그저 엄마를 기쁘게 할 생각으로 만들었지만 뜻밖의 용도로 쓰일 수 있다는 걸 알게 되었다고 했다. 아빠 말에 따르면 펜던트 속 DNA를 인식하는 작은 칩에 메모리 기능이 있었고, 그 안에 '천사의 별' 이식 프로젝트를 완성하기 위한 정보를 저장하면 된다고 했다.

"펜던트의 기능을 철저하게 비밀로 하는 이유는 너와 네 엄마를 보호하기 위해서야. 누군가 알게 되면 너와 네 엄마를 이용하려 하거나 펜던트를 뺏으려고 할 테니까. 이담이 네가 이 메시지를 듣고 있다는 건 무사히 DMZ로 와서 반군을 만났다는 거겠지? 이제 '천사의 별' 이식 프로젝트는 네 손에 달려 있어. 네가 사랑하는 사람들과 함께 살아갈 이다음 세상을 위해 끝까지 용기를 잃지 않았으면 좋겠다. 이렇게 어려운 일을 어린 너에게 맡겨서 미안해. 그리고…… 사랑한다. 직접 이 말을 해 주지 못해서 정말…… 미안하다.”

마지막쯤에는 아빠의 목소리가 가늘게 떨렸다. 우는 것처럼 눈썹이 구부러지고 입술이 휘었다. 어깨가 흔들리나 싶을 즈음 영상이 꺼졌다. 촬영을 끝낸 후 혼자 남은 아빠가 얼마나 외롭고 슬펐을지 생각하는 것만으로도 가슴이 먹먹했다.

하지만 여기서 정말 중요한 건 내게 지금 엄마의 펜던트가 없다는 것이다. 엄마가 그 방법을 찾았는지조차 알 수 없었다. 하지만 DMZ 철조망 앞에서 붙잡히기 직전 엄마가 걸고 있는 펜던트를 풀어서 내게 내밀려고 하지 않았던가. 갑자기 군인들에게 쫓기지 않았다면 내게 건네주려 한 게 틀림없었다. 애당초 나를 데리고 DMZ로 갔던 것은 그 방법을 찾았기 때문일 것이다. 하지만 내게 진실을 말하기도 전에, 그 군인에게 잡혔던 것이고.

그렇게 생각하자 나는 엄마가 왜 그렇게 떠돌면서 살았는지 이해할 수 있었다. 엄마가 어떻게 그렇게 기계를 잘 다루고 만들기까지 했는지도. 엄마는 '천사의 별' 이식 프로젝트를 이해할 수 있는 과학자였던 것이다. 자신이 연구하고, 부족한 것은 몰래 다른 전문가들을 만나면서 아빠가 남긴 퍼즐을 풀려고 애썼을 게 분명했다.

엄마는 아빠를 원망하는 대신, 세상을 변화시키겠다는 꿈을 함께 꾸었다. 그래서 그 오랜 시간 동안 '천사의 별' 이식 프로젝트를 완성시킨 것이다. 두 분의 인생이 고스란히 담긴 '천사의 별'을 내가 정부에 넘기고, 그렇게 해서 엄마를 구하면 엄마가 과연 기뻐할까. 내가 아는 엄마라면, 아마 내가 끝까지 싸우기를 원할 것이다.

조금 전까지만 해도 엄마를 구하는 것만이 유일한 목적이었다. 그렇게만 되면 모든 문제가 해결되리라고 생각했다. 하지만 지금은 그게 아닐지도 모른다는 생각이 강하게 들었다. 네가 정말 원하는 것이 뭐냐는 질문이 뇌리를 맴돌며 파고들었다.

오늘이가 내내 말이 없는 내게 물었다.

"아직도 잘 모르겠어?"

"아니, 이제야 내가 뭘 원하는지 알겠어. 오늘아, 우리 다시 돌아가자."

"왜?"

"난 엄마도 친구들도 모두 잃고 싶지 않아. 그러니까 모두를 지키는 방법을 생각해 낼 거야. 그게 '천사의 별'을 지키는 방법이 될 거고."

"응. 이담이는 방법을 찾을 수 있을 거야. 오늘이가 도와줄게."

나는 오늘이의 손을 꼭 붙잡고 센터를 향해 다시 뛰어갔다. 이제 돌아가면 다시는 되돌릴 수 없을 것이다. 내가 정말 서찬열을, 정부를 상대로 싸울 수 있을지 여전히 두려웠지만, 물러설 수 없다는 생각이 들었다. 내가 사랑하는 사람들을 지키고 그들이 원하는 세상을 내 손으로 만들고 싶었다. 이제는 절대 흔들리지 않으리라 굳게 결심하며 센터의 문을 열었다.

내가 숨을 헉헉거리며 들어서자 모두 놀란 눈으로 돌아보았다.

대장만은 빙그레 웃으며 부대장에게 말했다.

"내가 뭐라고 했어? 돌아올 거라고 했잖아."

"나 원 참. 기다리는 것 말고는 다른 방법도 없었잖아요. 게다가 사람의 마음을 믿다니, 대장답지 않아요."

부대장은 대장을 향해 눈을 살짝 흘기며 대답했다. 대장은 웃음기를 거두고는 날 똑바로 바라보았다.

"그래, 권이담. 이제는 결심이 섰니? 누구를 위해 싸울

지.”

더는 망설이고 머뭇거리고 싶지 않았다. 나는 여기 있는 모두를 잃고 싶지 않았다. 내 친구들 그리고 대장과 반군의 얼굴을 차례로 훑어보았다. 그들에게는 각자 살아야 하는 이유와 지키고 싶은 것이 있다. 그걸 짓밟은 건, 우리가 서로를 적으로 돌리게 한 건 다름 아닌 정부였다.

정부는 왜 어떤 목숨은 귀하고 어떤 목숨은 아무렇게나 취급하는 걸까? 자기들은 안전한 돔팰리스에서 풍족하게 물을 쓰면서도 조금도 나누려 하지 않는다. 왜 누군가의 욕심 때문에 우리는 계속 고통받아야 하는 걸까? 대체 그건 누가 정하는 걸까? 그런 질문이 두서없이 계속 떠올랐다.

어쩌면 아빠는 그런 질문 때문에 반군이 됐는지도 모르겠다는 생각이 들었다. 엄마도 내가 살아갈 미래를 위해 싸우기로 결심한 것이다. 모두의 목숨이 평등하고 귀한, 그런 미래 말이다. 나도 이제는 무엇을 위해 싸워야 하는지 알 것 같았다. 그렇게 생각하자 배 속에서 뜨거운 것이 자꾸만 치밀었다. 그 기운이 팔과 다리로 흘러나갔다. 마침내 온몸이 뜨거워졌을 때 나는 힘주어 말했다.

"난 '천사의 별'을 정부군에게 절대 넘기지 않을 거야. 그리고 아무도 죽게 하지 않을 거고."

아이들은 놀란 얼굴로 날 쳐다보았고, 대장만이 유일하게 만족스러운 미소를 지었다.

계획

지금 내게 가장 필요한 것은 흔들리지 않는 단호함과 나를 믿어 주는 동료였다. 싸우겠다고 결심했지만 혼자서는 힘든 일이었다.

"내 친구들도 진실을 알아야 해요. 여기 있는 모두가 도와줘야 그들과 맞설 수 있으니까요."

대장이 고개를 끄덕이자 나는 어리둥절해하는 아이들에게 '천사의 별'이 무엇인지, 아빠가 어떻게 반군이 됐는지, 내가 어떻게 감옥에 들어오게 됐는지 등을 빠짐없이 이야기했다. 마지막으로 아빠가 말해 준 펜던트의 비밀에 대해서도 털어놓았다.

대장이 놀란 얼굴로 되물었다.

"또 다른 펜던트가 있었고, 그게 퍼즐의 마지막 조각이었다는 거야? 돌아가시기 전까지 그런 비밀을 만들어 두다니 권 박사님도 정말 대단하시구나."

놀람과 감탄도 잠시, 대장은 뭔가를 깨달은 얼굴로 다급하게 외쳤다.

"이러고 있을 때가 아니야. '천사의 별' 이식 프로젝트를 완성할 수 있는 절호의 기회잖아. 서찬열이 이 사실을 알아채기 전에 빨리 이담이 엄마를 구출해야겠어."

이제 엄마를 구하는 것이 나만의 목표가 아닌 반군 전체의 목표가 되었다. 엄마가 걸고 있는 펜던트를 반드시 지켜 내야 한다. 그것이 '천사의 별'이 황무지에서 자랄 수 있게 하고, 모두가 평등하게 물을 쓸 수 있는 새로운 시대를 열 테니까. 우리가 힘을 합치면 반드시 방법을 찾을 것이다. 나는 공연히 가슴이 두근거렸다.

그걸 깬 건 시영의 비꼬는 목소리였다.

"그래서 지금 비상 탈출로가 있는데 그걸 포기하고 싸우자는 거예요? 권이담의 엄마를 구하기 위해서요? 그럴

거면 은성이 쟤 부모도 구해 주고, 해우 동생도 다 구하지 그래요? 차별 없는 세상을 꿈꾼다면서 다 구해 줘야 공평하지 않나?"

나는 내내 아무 말 없이 고개 숙이고 있는 은성을 돌아보았다. 가족 때문에 첩자 노릇까지 해야 했던 은성에게 어떤 이야기를 해야 할지 알 수 없었다.

해우가 시영을 향해 목소리를 높였다.

"당연히 모두 다 구할 거야. 하지만 지금 제일 급한 건 이담이 엄마야. 이담이 엄마가 가지고 있는 펜던트를 구해야 세상을 바꿀 수 있다잖아. 이러고 있는 동안에도 타이머 숫자는 점점 줄어들고 있다고."

"세상이 변하든 말든 나랑 무슨 상관이야! 난 내가 살아남는 게 제일 중요해. 살아남아서 반드시 갚아야 하는 게 있다고."

시영이 목에 핏대를 올리며 소리쳤다. 그러더니 비상탈출구 문으로 달려갔다.

"나 혼자만이라도 탈출해야겠어. 나는 이 승산 없는 싸움에서 개죽음당하기 싫다고. 그러니까 문 열어 줘요. 빨리 열어 달라고!"

시영은 흥분한 모습으로 벽을 마구 두드렸다. 덩치가 쭈뼛거리며 시영의 옆으로 가서 섰다. 대장은 곤란한 얼굴로 나를 쳐다보았다. 저 문을 여는 순간, 겁먹은 탈주자가 또 생기지 말라는 법은 없었다.

나는 바락바락 소리를 지르는 시영에게 다가갔다.

"시영아, 정말 미안하지만 딱 한 시간만 기다려 줘."

"뭐?"

시영은 미간을 찌푸리며 되물었다.

"어차피 한 시간 안에 방법을 찾지 못하면 서찬열 중령이 엄마를 가만두지 않을 테니까. 그 뒤로는 절대 널 막지 않을게. 정말이야, 약속해."

못마땅한 얼굴로 입술을 삐죽거리던 시영은 마지못해 고개를 끄덕였다.

"이걸로 이제 네게 빚진 건 없는 거야."

"빚이라니?"

"아까 화살 날아올 때, 내 이름 불러 준 거."

그 말을 하는 시영의 뺨이 조금 달아오른 것도 같았다. 그런 건 신경도 쓰지 않는 아이인 줄 알았는데 의외였다. 시영은 팔짱을 끼고 벽에 기댔다. 기다려 주긴 하겠지만,

적극적으로 가담하지는 않겠다는 뜻 같았다. 그거라도 다행이다 싶어 몸을 돌렸다.

핏기 없는 얼굴로 손톱만 물어뜯고 있는 은성이 보였다. 나는 다가가 은성에게 말을 걸었다.

"은성아, 부모님 걱정 때문에 그러는 거지?"

은성은 고개를 끄덕이며 울먹였다.

"솔직히 우리 실패하면 어떡해? 아니, 그 전에라도 내가 반군에게 협력했다는 걸 알면 우리 부모님을 어떻게 할지 몰라."

가족이 인질로 잡혀 있을 때 불안감을 누구보다 잘 알고 있었다. 하지만 이대로 서찬열 중령에게 질질 끌려다닐 수는 없었다. 그때 불현듯 떠오른 생각이 있었다. 나는 오늘이의 눈을 들여다보며 말했다.

"오늘아, 혹시 돔팰리스의 방화벽을 뚫을 수 있어? 은성이 부모님께 피신하라고 직접 통신을 해 보는 거야."

초고성능 인공지능을 가진 오늘이의 능력을 봤던 은성도 기대에 찬 눈빛이었다.

오늘이는 즉각 고개를 들어 허공을 응시했다. 네트워크에 접속 중인지 오늘이의 눈동자가 꼼짝도 하지 않았다.

몇 분 후 마침내 오늘이가 고개를 돌려 나를 쳐다보았다.

"있잖아. 오늘이가 알아보니까 저 언니, 엄마 아빠는 추방당한 후 다시 돌아온 기록이 없어. 돔팰리스 바깥에 있다면 오늘이도 더는 찾을 방법이 없어."

기대하고 있던 은성이 얼굴을 감싼 채 비틀거렸다.

"분명히 나한테는 부모님이 곧장 집으로 돌아가셨다고, 내가 이번 일을 잘 해내기만 하면 시민계급도 올려 준다고 했는데……. 그게 다 거짓말이었다는 거야?"

속았다는 분노와 부모님에 대한 걱정으로 숨을 몰아쉬던 은성은 눈물을 떨어뜨렸다. 나는 은성의 어깨를 안아주며 말했다.

"정부군에게 잡히지 않으셨으니 오히려 다행인지도 몰라. 분명히 잘 피해 계실 거야."

"그래. 그리고 돔팰리스 바깥도 사람 사는 곳이야. 우리 모두 거기서 왔잖아. 그러니까 여길 무사히 빠져나가게 되면 꼭 도와줄게, 네 부모님 찾는 거."

해우가 결연한 눈빛으로 말하자 옆에 서 있던 준수와 재경도 고개를 끄덕였다.

"흐윽, 미안해. 난 너희를 속였는데……."

은성은 뒷말은 채 잇지 못하고 울먹였다.

그때였다. 어디선가 미세한 진동음이 울렸다. 오늘이가 소리쳤다.

"방금 투명 앱으로 또 메시지가 왔어."

흐느끼던 은성의 얼굴에 돌연 긴장이 떠올랐다. 아직 타이머의 시간이 남았을 텐데. 나는 흠칫 놀라며 패드를 노려보았다. 패드에는 메시지가 도착했다는 알람이 연신 깜빡였다.

"야, 그거 당장 부숴 버려!"

시영이 인상을 찌푸리며 소리를 빽 질렀다. 나는 황급히 손을 들어 막았다.

"아니야, 잠깐만! 저쪽에서는 은성이가 정체를 들킨 걸 아직 모르니까 어쩌면 그걸 이용할 수 있을지도 몰라."

대장도 신중하게 고개를 끄덕이며 덧붙였다.

"그래, 이담이 말이 맞아. 우리가 유리한 대로 역정보를 흘리면 상황을 반전시킬 수 있어."

이 일은 전적으로 은성의 도움이 필요했다. 어설프게 서찬열 중령을 속이려다가는 오히려 일을 망칠 수 있었다. 재촉한다고 될 일이 아닌 것 같아 은성에게 조심스럽게 물었다.

"은성아, 너 할 수 있지?"

"나, 나보고 거짓말을 하라고? 그 무서운 군인한테?"

눈물이 채 마르지도 않은 얼굴로 은성은 여전히 움츠러들기만 했다. 답답했지만 강요할 수는 없었다.

그때였다. 여태 가만히 있던 재경이 소리를 빽 질렀다.

"와, 진짜 답답해서 못 참아 주겠네. 강은성, 너 진짜 미안하면 그만 질질 짜고 빨리 메시지 보내. 늦어지면 의심받을 거 아니야."

분명 어떻게든 살고 싶다고 반군에게 가장 먼저 항복했던 재경이었다. 지금 당장 도망간다고 해도 이상하지 않다고 생각했는데, 그런 재경이가 화까지 내는 건 뜻밖이었다. 아이들의 시선이 쏠리자 재경은 얼굴이 빨개진 채로 헛기침을 했다.

"은성이 네가 첩자든 아니든 난 폭탄 때문에 우리끼리 남게 됐을 때 다시 '천사의 별'을 찾으러 가자고 말해 줘서 솔직히 기뻤어. 나도 모르는 사이에 그게 날 지탱하는 힘이 됐더라고. 그래서 우승 후보도 아니고 특별한 아이도 아닌 내가 지금까지 버틸 수 있었던 거야."

그러고 보니 재경만큼 살아남으려고 발버둥 친 아이도 없을 듯했다. 시영의 패거리였다가 친구 세진의 죽음으로 우리와 함께 가기로 결정하고, 그 후에는 또 반군이 되려고도 했다. 약한 아이가 살아남으려고 자존심도 없이 강자에게 붙는다고 생각했지만, 어쩌면 그래서 은성을 누구보다 이해했는지도 모른다.

"이게 우리의 마지막 기회야. 어차피 '소년들의 날'에서 우승하기는 글렀지만…… 그래도 이제 와서 맥없이 다 포기할 순 없잖아. 가족이든 꿈이든 소중한 걸 지키기 위해 할 수 있는 건 다 해 봐야지. 그래야 후회가 없을 테니까."

재경의 말에 은성은 정신이 번쩍 든 얼굴로 눈가를 세게 문질렀다. 그러더니 붉게 충혈된 눈으로 한 손을 내밀었다.

"패드 줘 봐. 내용을 확인해야 뭐라고 답할지 고민하지."

한결 단단해진 목소리였다. 우리는 함께 서찬열 중령이 보낸 메시지를 읽었다.

'영상은 권이담에게 전달한 거야? 그 애가 "천사의 별"을 찾은 것 같아?'

엄마의 영상을 보낸 후, 은성에게서 아무런 답이 없자

초조해진 모양이었다. 우선은 시간을 벌 필요가 있었다. 우리는 상의해서 답신을 보냈다. 폭격으로 D구역은 고립됐고, 그 때문에 '천사의 별'을 찾으러 간 내가 아직 돌아오지 않았다는 내용이었다. 상황이 바뀌면 곧바로 연락하겠다는 말도 덧붙였다. 중령은 별 의심 없이 알았다고 대답했다.

이제 '천사의 별'을 지키면서도 모두가 무사할 수 있는 완벽한 계획을 세워야 했다. 기회는 아마 한 번뿐일 것이다. 타이머 숫자는 이제 한 시간도 채 남지 않았다. 밖으로 티를 내지 않으려 했지만 몹시 초조했다. 우리는 적은 인원으로 정부군에 맞서면서, 동시에 엄마를 구할 방법을 하나둘 말해 보았다. 누군가는 땅굴 주변에 지뢰를 뿌리자고 했고, 또 누군가는 기습 작전을 펼치자고도 했다. 하지만 어떤 것도 마땅치 않았다. 아니, 처음부터 정부군에 맞선다는 게 불가능한 것일지도 몰랐다.

아까부터 팔짱을 낀 채 아무 말 하지 않던 시영이 한숨을 푹푹 내쉬었다.

"그러니까 지금이라도 조금 시간이 있을 때 탈출하자고. 아까 갔으면 벌써 몇 킬로미터는 도망갔을 것 아니야.

애당초 방법이란 게 있을 리가 있겠어? 반군은 결국 방해 전파가 없으면 아무것도 아니었던 거야."

시영의 냉소적인 말에 분위기가 착 가라앉았다. 어쩌면 시영의 말이 맞는지도 모른다. 상대는 최신 무기로 무장한 정부군이었다. 그들의 공격을 늦출 수는 있어도 완전히 물리칠 방법은 없어 보였다. 열악한 상황에서 지금까지 DMZ를 지켜 온 반군이 대단해 보였다. 그것도 방해 전파 시스템이 있어서 가능했던 거지만. 무슨 이유에서든 그걸 망가뜨리는 걸 도운 내가 정말이지 원망스러웠다.

"방해전파만 망가지지 않았다면 이렇게까지 궁지에 몰리지는 않았을 텐데…… 아무리 생각해 봐도 그걸 대체할 만한 게 없단 말이지. 방해전파를 다시 복구할 수 있다면 얼마나 좋을까."

답답한 마음에 혼잣말처럼 중얼거렸다. 그러자 갑자기 은성이 손뼉을 쳤다.

"아! 어쩌면 가능할지도 몰라. 지금도 메인 컴퓨터의 CPU를 교체해서 작동하는 거잖아. 전부 흩어져서 멀쩡한 컴퓨터를 다 모아 오는 거야. CPU를 모두 연결해서 성능을 끌어올리는 거지. 한마디로 슈퍼컴퓨터용 CPU를 만드는 거야."

평소의 은성이로 돌아온 것 같은 힘찬 목소리였다.

"좋아, 한번 해 보자. 시간은 얼마나 걸릴 것 같아?"

대장의 질문에 은성은 잠시 고민하더니 말했다.

"글쎄요. 얼마나 빨리 컴퓨터를 모으냐에 따라 다르겠지만, 그래도 서너 시간쯤?"

옆에서 가만히 듣고 있던 시영이 눈썹을 치켜떴다.

"너무 오래 걸리는 거 아니야? 정부군이 멍청이도 아니고 그때까지 얌전히 기다려 줄까?"

끝까지 빈정대는 말투가 밉살스러워도 틀린 말은 아니었다. 방해전파를 복구하기 위해 시간 끌 방법이 필요했다. 동시에 어떻게든 그 군인이 엄마를 반군 본부 근처까지 데려오게 해야 한다. 무엇보다 방해전파는 엄마를 구한 뒤에 가동돼야 하는 것이다. 타이밍이 관건이었다.

끙끙거리며 이런저런 궁리를 해 봤지만 좀처럼 좋은 생각이 떠오르지 않았다. 답답한 마음에 머리칼을 마구 흐트러뜨리며 한숨을 내쉬었다. 그런 내 눈에 오늘이가 들어왔다. 오늘이는 아까부터 천방지축 일곱 살 아이처럼 사람들 사이를 뛰어다녔다. 문득 내가 일곱 살이었을 때도 정말 저런 모습이었을까 싶었다. 그러자마자 어떤 생각이 벼락처럼 떠올랐다.

"엄마를 구할 수 있는 방법이 하나 있어! 내가 그 군인을 직접 만나러 가는 거야. 그래야 엄마를 그곳으로 데려올 테니까."

"그건 너무 위험해!"

해우가 놀라 외쳤다. 하지만 나는 더더욱 결연한 목소리로 말했다.

"다른 방법이 없어. 우리가 독 안에 든 쥐 같겠지만 유리한 점도 있어. 그걸 최대한 이용해야지."

대장이 날카로운 눈으로 물었다.

"유리한 점이라니?"

"지금 이 안에서 벌어지는 일 중에 저들이 모르는 게 두 가지 있어요. 첫째는 은성이가 우리 편이 됐다는 거."

나는 패드를 들고 있는 은성을 가리키며 말했다.

"두 번째는 오늘이가 내 일곱 살 때의 모습을 하고 있다는 거예요. 서찬열 중령은 '천사의 별' 유전정보를 가진 로봇이 열일곱 살의 내 모습일 거라고 생각하고 있어요. 게다가 내 얼굴을 직접 봤으니까 나와 똑같이 생긴 로봇을 상상하겠죠. 이 두 가지를 이용하면 우리에게도 기회가 있을 거예요."

나는 떠오른 계획을 찬찬히 설명했다. 너무 대담한 계획이라 모두 놀란 듯했지만 섣불리 반박하는 사람은 없었다.

대장은 굳은 얼굴로 한참이나 턱을 문지르더니 마침내 입을 열었다.

"평상시였다면 단번에 거절했을 정도로 위험하다 못해 황당한 계획이야. 조금이라도 타이밍이 어긋나면 완전히 망하는 거고 말이야."

그러고는 잠시 말을 멈추더니 똑바로 나를 주시했다. 그리고 빙그레 웃었다.

"하지만 지금으로선 이담이의 계획보다 더 나은 방법은 없는 것 같네."

금세 진지한 눈빛으로 돌아온 대장은 나와 아이들 그리고 반군들을 둘러보았다.

"자, 지금부터는 모두가 제 역할을 잘해 줘야 해. 기회는 단 한 번뿐이야. DMZ에서 정부군을 몰아내고 우리 모두 살아남는 게 가장 중요해. 그것이 '천사의 별' 이식 프로젝트를 완성할 수 있는 첫 번째 단계니까. 이 계획이 성공하면 우리는 앞으로 황무지로 변해 버린 땅에서도 '천사의 별'이 자라는 걸 볼 수 있을 거야. 대가뭄의 시대를 우리 손으로 끝내는 거지!"

대장의 힘찬 목소리에 반군들이 와, 하고 환호했다. 나 또한 가슴이 뜨거워졌다. 내 옆에 선 오늘이의 손을 꼭 쥐자, 오늘이가 말간 눈으로 나를 올려다보았다.

'널 반드시 지킬게. 그리고 엄마도 친구들도 누구 하나 잃지 않을 거야. 반드시.'

나는 두 다리에 힘을 꽉 준 채 버티고 섰다. 어떤 폭풍이 몰아쳐도 부서지지 않는 단단한 바위처럼. 이제 나의 결심은 흔들리지 않을 것이다.

최후의 작전

캄캄한 밤하늘에 쏟아질 듯 반짝이는 별이 가득했다. 싱그러운 밤 향기가 콧속으로 밀려들었다. 이름 모를 풀벌레 소리도, 피부에 와 닿는 서늘한 냉기도 다 반가웠다. 땅굴에서 보낸 시간이 불과 이틀밖에 되지 않았다는 것이 믿기지 않을 정도였다.

땅굴을 막 벗어난 나는 눈을 살짝 들어 주변을 살폈다. 약속대로 하늘에는 드론이나 감시 카메라를 단 초소형 로봇 같은 것은 보이지 않았다.

모자를 깊숙이 눌러쓴 재경이 긴장되는지 자꾸만 마른

침을 삼켰다. 내 손을 잡은 손바닥은 땀으로 축축했다. 나 역시 다리가 후들거려 넘어질 것 같았다. 단단하게 버티 겠다는 각오와 달리 온몸이 떨렸다.

"너 자꾸 그렇게 휘청거렸다가는 금방 들킬 거야, 네가 안드로이드 로봇이 아니라는 걸."

재경이 고개를 숙인 채 내게 속삭였다.

"너야말로 그렇게 고개 숙이지 마. 엄청 수상해 보인다 고. 어차피 멀리서는 얼굴이 자세히 보이지 않을 거야."

내 말에 재경은 가슴을 쭉 폈다. 그러고는 다른 쪽 손으 로 들고 있는 감지기를 살폈다. 인근 1킬로미터 안에 있는 어떤 전파라도 찾아낼 수 있는 장치였다. 감지기가 조용 한 걸 보니 서찬열 중령이 약속을 지키긴 한 것 같다. 그렇 다고 그를 완전히 믿는 것은 아니었지만.

정부군의 연이은 폭격으로 땅굴이 거의 무너졌고 우 리는 유일하게 바깥과 통하는 입구를 막 나선 참이었다. 100미터쯤 떨어진 낮은 언덕에 불빛이 보였다. 아마 서찬 열 중령일 것이다. 심장이 미친 듯이 뛰기 시작했다.

여기까지 온 이상 이제 되돌릴 방법은 없었다. 지금이 아니면 말할 기회가 없을지도 모른다. 나는 재경아, 하고 이름을 불렀다. 재경이 날 쳐다보았다.

"고마워."

"뭐가?"

"정말 위험한 일인데, 네가 맡아 줘서 얼마나 다행인지 몰라."

"하, 이게 유일한 방법이라며? 나 말고는 할 사람이 없다는데 어떡해. 나도 정말 내가 여기서 이러고 있다는 게 믿기지 않는다."

재경은 짧게 잘라 버린 머리를 벅벅 긁으며 말했다. 재경이 입고 있는, 샛노란 병아리 같아 싫어했던 죄수복은 땀과 온갖 오물이 묻어 그야말로 걸레처럼 꼬질꼬질했다. 그에 비해 나는 회색의 빳빳한 새 트레이닝 세트를 입고 있었다. 우리는 지금부터 각자 다른 사람이 돼야 하기 때문이다.

나와 가장 체격이 비슷한 재경은 머리카락까지 짧게 자르고 나니 제법 나와 비슷해 보였다. 그렇게 재경은 나로, 나는 오늘이로 변신했다. 캄캄한 어둠이 서찬열 중령의 눈을 속여 주기를 바랄 뿐이다.

"우리 만약에 교복 입고 같은 고등학교 다니면 재미있

겠다."

내 말에 재경이 움찔했다.

"세진이는 없지만 우리 꼭 그렇게 평범하게 살자. 살아남기 위해 싸우는 경쟁자 말고, 서로를 응원해 주는 친구로."

"으, 응⋯⋯."

예상치 못한 말이었는지 재경의 목소리가 떨렸다. 잠시 후 재경이 내 손을 꽉 쥐며 말했다.

"나중에 나 모른 척하지나 마."

우리는 캄캄한 어둠 속에서 서로의 얼굴을 마주 보며 웃었다.

이제 무대 위로 나아갈 시간이었다. 나인 척하는 재경과 로봇인 척하는 나는 언덕 위로 천천히 걸어갔다. 거리가 점점 좁혀지자 군복을 입고 손전등을 든 한 남자와 여자가 서 있는 것이 보였다. 군인은 서찬열 중령일 거고, 꼿꼿이 서 있으려고 애쓰는 여자는 엄마일 것이다. 멀리서나마 엄마가 보이자 심장이 걷잡을 수 없이 뛰었다. 눈물이 솟구쳤지만 애써 참았다.

'나는 지금 로봇이야. 흔들려서는 안 돼.'

지금까지는 계획한 대로 순조로웠다. 마지막에 망칠 수는 없었다.

지금, 이 순간을 위해 모두 철저히 준비했다. 해우와 아이들은 반군을 따라 멀쩡한 컴퓨터를 찾아다녔고, 은성은 그렇게 모인 컴퓨터에서 쓸 만한 CPU를 골라냈다. 하지만 예상과 달리 속도가 나지 않았다.

은성은 울상을 지었다.

"생각보다 멀쩡한 게 없는 데다가, 성능도 별로야. 이대로라면 방해전파를 복구하는 건 힘들겠어."

대장은 지금으로선 다른 방법이 없다며 끝까지 최선을 다하자고 했다.

나는 나대로 서찬열 중령이 엄마를 땅굴 근처로 데려오게 하려고 정신이 없었다. 우선 은성의 투명 앱을 통해 '천사의 별' 유전자 지도를 저장한 안드로이드 로봇이 나와 똑같이 생겼다는 거짓 정보를 흘렸다. 중령은 어떻게든 로봇을 데리고 땅굴을 빠져나오라고 지시했다. 그게 꼭 이담이 아니어도 된다는 말도 덧붙였다.

그다음부터는 내가 직접 나서서, 은성이 첩자라는 걸

알아채고 화를 낸다는 설정으로 그에게 연락했다.

— 왜 내 친구를 첩자로 만든 거죠?

— 강은성이 결국 들킨 건가?

— 나보고 '천사의 별'을 꼭 찾으라더니, 날 못 믿겠다
는 건가요?

— 나도 대비책은 만들어 놔야지.

— 아빠는 이미 죽었고, 내게는 유일하게 남은 가족인
엄마가 더 중요해요. '천사의 별' 정보가 들어 있는
안드로이드가 내 손에 있으니까 엄마를 데려와요.

— 네가 로봇을 넘기면 엄마를 무사히 보내 주지.

— 내가 어떻게 당신을 믿죠?

— 안 믿으면 어쩔 건데? 지금 너에게는 선택의 여지가
없어.

— 협상은 할 수 있죠. 로봇을 가지고 싶다면 내 조건을
들어줘야 해요.

— 조건이 뭔데?

— 첫째, 밤 9시에 당신 혼자 엄마를 데리고 올 것.
둘째, 접선 장소는 D-1구역 입구에서 100미터 떨어

진 언덕.

셋째, 어떤 공격 드론이나 감시 카메라가 달린 로봇도 반경 1킬로미터 접근 불가.

마지막으로 내가 엄마와 무사히 빠져나간 후에 안드로이드 로봇의 CPU 접근 암호를 드리죠. 억지로 접근하면 로봇의 자폭장치가 터질 거예요.

— 머리 잘 썼네. 근데 넌 어떻게 거기서 빠져나오려고?

— 감시하고 있던 반군 몇을 설득했어요. 날 탈출하게 해 주면, 정부군에게 목숨은 구할 수 있도록 요청하겠다고요.

— 좋아. 네 조건을 다 들어주지. 대신 허튼짓했다가는 네 엄마는 물론 친구들까지 다 쓸어 버리겠어.

— 약속 어기지나 마요.

주어진 시간은 단 두 시간이었다. 물론 정말 오늘이를 보낼 생각은 없다. 내가 로봇 역할을, 나와 체격이 비슷한 재경이 내 역할을 하기로 했다.

출발하기 직전 대장이 말했다.

"서찬열 그 녀석은 약속 장소에 분명 나올 거다. 자기가 혼자 공을 세울 기회를 놓칠 리가 없어. 하지만 비열한 놈이니 어떤 함정을 쳐 놓았을지 몰라. 마지막까지 긴장을 늦추지 마."

나는 떨리는 입술을 꽉 다물며 고개를 끄덕였다.

"이렇게 위험한 일을 어린 네가 하게 해서 미안하다."

"내가 세운 계획인데요, 뭐. 그리고 저도 지키고 싶은 사람들이 있어요. 절대 실패하지 않을 거예요."

"그래. 그래도 무슨 일이 생기면 곧바로 돌아와야 한다. 살아남는 것보다 더 중요한 건 없어."

나는 걱정하지 말라며 손을 흔들었다. 말과는 달리 긴장감으로 심장이 미친 듯이 뛰었다. 심호흡을 몇 번이나 하고 나서 재경과 함께 출발한 것이다.

재경과 나는 서로가 맡은 역할을 연기하며 서찬열 중령과 엄마에게로 걸어갔다. 손전등으로 발아래를 비추며 조심스레 접근했다. 이제 조금만 더 가면 된다. 긴장으로 뻣뻣해진 걸 티 내지 않으려고 애쓰며 한 걸음 한 걸음 다가갔다.

바로 그때였다. 누군가가 소리를 지르며 나와 재경 앞

으로 뛰어들었다.

"권이담! 네가 '천사의 별'을 넘기게 그냥 둘 줄 알고? 어림도 없어. 우승은 내 거야!"

시영이었다. 날카로운 단도를 치켜들고 있었다. 내가 들고 있는 손전등에 반사된 칼날이 날카롭게 빛났다. 엄마의 비명이 멀리서 들리나 싶은 순간, 단도는 그대로 옆구리로 날아들었다. 재경이 으윽, 신음을 내며 무릎을 꿇었다. 붉은 피가 꾀죄죄한 노란 죄수복을 물들였다. 재경은 얼마 버티지 못하고 앞으로 고꾸라지고 말았다.

"안 돼! 이담아, 이담아!"

울부짖는 엄마의 목소리가 귀를 파고들었다. 그 순간에도 나는 흔들리지 않으려고 애썼다. 나는 로봇이니까.

곧바로 시영이 내 손을 확 낚아챘다. 그러고는 중령을 향해 똑바로 걸어가며 입술을 거의 움직이지 않은 채 말했다.

"늦지 않았지?"

"나이스 타이밍!"

내가 작은 목소리로 대답하자 시영이 씩 웃었다. 바로 여기가 내 계획에서 가장 중요한 장면이었다. 서찬열 중령에게 내가 진짜 안드로이드 로봇이라고 믿게 하려면, 권이담은 중간에 사라져야 했다.

그 역할을 시영이 맡겠다고 했다. 너무 위험하다고 말리는 덩치에게 시영이 말했다.

"그 새끼에게 엿 먹일 수 있는 기회잖아. 놓칠 수 없어."

나는 그 말을 하던 시영의 얼굴을, 그 순간을 떠올렸다.

서찬열 중령과의 약속을 아홉시로 잡은 건 충분히 어두워야 했기 때문이다. 그때까지 버티려면 비상전력을 모두 중앙 컨트롤 센터로 집중해야 했다. 시영은 불안한 듯 가만히 앉아 있지를 못했다. 이러다 비상 탈출구도 열지 못하면 어떻게 하냐고 했다. 시영은 내 계획이 절대로 성공할 수 없다고 믿는 것 같았다. 다른 아이들이 컴퓨터를 모아 올 때도, 재경이 위험한 역할에 자원했을 때도 그저 먼 산 구경하듯 거리를 두었다.

"그나저나 서찬열 중령이라는 사람 어떻게 생겼어요? 얼굴을 알면 좋을 것 같은데."

머리를 싹둑 자른 재경이 대장에게 물었다. 대장은 생각에 잠긴 듯 턱을 문지르다가 컴퓨터에 다가가 뭔가를 검색했다. 그러더니 허공에 사진 한 장을 띄웠다. 10년 전 사진이라고 했다. 막 '천사의 별'을 손에 넣었을 때 기념으로 찍은 단체 사진이었다. 젊고 활기찬 반군들과 아빠가 서로 어깨동무한 채 손가락으로 브이 자를 그렸다. 지금보다 훨씬 젊고 건강한 대장도 환하게 웃고 있었다. 대장은 사진 속 자신의 옆에 있는 남자를 가리켰다.

"저 자식이 서찬열이야."

확실히 내가 본 얼굴보다 훨씬 젊어 보였다. 은성도 자기가 본 사람이 맞는다며 고개를 끄덕였다. 유심히 사진을 보고 있던 재경을 확 밀치고 앞으로 달려든 건 시영이었다. 시영의 얼굴은 금방이라도 터질 듯 새빨갛게 달아올랐다. 크게 뜬 눈에는 흰자위가 도드라졌다. 몸을 부르르 떨면서 알 수 없는 괴성을 질렀다.

덩치가 깜짝 놀라 뛰어와서 시영을 붙잡았다.

"시영아, 시영아! 왜 그래? 무슨 일이야?"

시영은 무언가 목구멍을 틀어막은 듯 괴로운 표정을 짓더니 마침내 말을 내뱉었다.

"그 새끼야! 엄마, 아빠를 죽인 그 군인 새끼……."

"뭐? 정말이야?"

"내가 어떻게 그 얼굴을 잊을 수 있겠어? 지금도 매일 밤 그 순간으로 되돌아가는 꿈을 꾸는데⋯⋯."

시영은 분노에 차 애끓는 신음을 흘리며 그 자리에 주저앉았다. 나 또한 경악하지 않을 수 없었다. 동료를 배신해서 죽음으로 몰아넣었고, 그 때문에 아빠도 죽고 말았다. 엄마를 납치해서 언제 죽을지 모르는 DMZ로 나를 몰아넣은 것도 서찬열 중령이었다. 은성을 협박하고 거짓말로 해 첩자 노릇까지 시킨 사람이었다. 그런데 그 모든 나쁜 짓보다 더한 짓을 했다니. 사람이 어떻게 그렇게까지 잔인하고 악랄할 수 있을까.

대장도 덩치가 한 말을 들었는지 시영의 과거를 대략 알고 있는 눈치였다. 그렇게 서찬열의 또 다른 악행을 확인하는 순간, 얼굴이 일그러졌다. 몇 번이나 마른세수를 하고 나서야 시영에게 다가갔다.

시영은 대장을 보자 대뜸 매달렸다.

"내가 당장 죽여 버릴 테니까, 아무 무기라도 좀 줘요. 그 새끼 날려 버리게."

대장은 냉정한 얼굴로 시영에게 말했다.

"흥분하지 마. 네가 아무리 최신 무기를 가지고 간다고 해도 그 자식에게 접근할 수 있을 것 같아? 그 자식은 이미 정부군에서도 요직을 거쳐 중령의 자리에 오른 놈이라고."

"그럼 어떡하라고요. 이대로 포기하라고?"

시영은 처절하게 부르짖었다. 대장은 고개를 가로저었다. 그리고 시영의 눈을 들여다보며 말했다.

"네가 정말 복수를 하고 싶다면 방법은 하나뿐이야. 이담이의 계획을 성공시키는 것. 그게 그 자식을 철저하게 몰락시킬 테니까."

시영이 눈물에 젖은 얼굴을 들고 나를 쳐다보았다. 턱이 부서져라 어금니를 꽉 깨물고는 손등으로 거칠게 눈을 문질렀다. 그러고는 내게 성큼성큼 다가왔다.

"아직 한 사람 못 정했다고 했지. 그거 내가 할게."

덩치가 새파랗게 질린 얼굴로 위험하다며 말렸지만 시영은 턱을 쳐들며 대꾸했다.

"이게 그 새끼 엿 먹일 수 있는 유일한 방법이라잖아."

그렇게 언덕에 잠복하고 있던 시영은 기막힌 타이밍에 뛰어든 것이다. 물론 칼과 피는 가짜였다. 하지만 어두운

데다가 멀리서 실루엣만 보고 있는 서찬열 중령은 놀랄 수밖에 없었을 것이다. 내가 죽었다고 믿는 엄마의 절규도 한몫할 터였다. 엄마한테는 미안했지만, 지금은 그를 속이는 데 온 힘을 쏟아야 했다.

드디어 중령 앞에 섰다. 그의 짙은 눈썹이 꿈틀하더니 시영과 날 위아래로 훑어보았다.

"이거야, 원. 전혀 뜻밖의 전개네. 넌 대체 누구야?"

"강은성한테 내 이름 들었을 텐데. 목숨 걸고 방해전파 시스템을 망가뜨린 사람이 나라고요. 근데 우승을 뺏길 순 없죠. 누구든 '천사의 별'을 가져오기만 하면 되는 거 아닌가요?"

시영은 서찬열 중령을 똑바로 쳐다보며 말했다. 당장이라도 소리를 지르며 달려들고 싶을 텐데, 시영은 주먹을 꽉 쥔 채 최대한 냉정해지려고 애쓰고 있었다.

"흐음, 네 이름이 아마…… 시영이겠지. 그래, 네 말이 맞다. 꼭 권이담일 필요는 없지. 나야 저 로봇만 손에 넣으면 되는 거고. 넌 돔팰리스에 들어가면 되는 거고 말이야."

중령에게 이제 엄마는 전혀 중요하지 않은 것 같았다. 그는 전자 수갑으로 두 손이 묶인 엄마는 내버려 두고 시영과 내게 바짝 다가왔다.

"그러니까 이게 정말 안드로이드 로봇이란 말이지. 예전에 시뮬레이션으로 권 박사 딸 성장 모습을 봤던 게 정말 다행이었어. 그 덕분에 DMZ에서 마주쳤을 때 딱 알아볼 수 있었거든. 그나저나 이렇게까지 똑같다니 놀라운데. 겉으로 봐서는 완전히 인간 같아."

서찬열 중령은 나를 만져 보려고 손을 뻗었다. 시영은 재빨리 나를 등 뒤로 숨기며 말했다.

"이봐요. 아직은 내가 얠 넘긴 게 아니라고요. 보아하니 아저씨도 공을 독차지하려고 혼자 나온 것 같은데, 나한테 사면권과 돔팰리스 입주권을 줄 능력은 되는 거예요?"

시영은 팔짱을 낀 채 턱을 한껏 치켜올렸다. 그러고는 최대한 건방진 눈빛으로 서찬열 중령을 쳐다보았다. 중령은 자기가 눈앞에 서 있는 여자애의 부모를 죽였다는 사실 따위는 모를 것이다. 한낱 소년범 주제에 자기에게 기어오른다고 생각했는지 눈을 가늘게 뜨며 무섭게 노려보았다. 그러더니 돌연 웃었다.

"크큭. 권이담을 제쳤다고 기고만장한 모양인데. 내가 아니면 네가 우승한 걸 누가 보장해 주지? 그냥 널 없애고 로봇을 데려가면 그만인데."

"어, 이러면 안 되지 않나. 저 로봇의 CPU 접근 암호가 필요 없으신가 보네."

전혀 기죽지 않은 시영의 말에 군인이 아차, 하는 표정이 되었다. 그는 급한 얼굴로 시영을 구슬렸다.

"그럼 이렇게 하지. 네 말대로 사면권과 입주권은 발급되려면 시간이 걸릴 거야. 그 전에 내 권한으로 임시 통행권을 주지. 지금 당장 나와 함께 돔팰리스로 들어가자. 나도 네가 제법 마음에 드니까 말이야. 나처럼 군인이 되는 건 어때?"

"글쎄요……."

시영은 짐짓 고민하는 척 시간을 끌었다. 옆에 서 있는 나는 무척 초조했다.

지금쯤이면 방해전파 복구 작업이 끝나야 했다. 재가동 준비가 끝나면 삼 분 전에 신호탄을 쏘아 올리기로 은성과 미리 약속했다. 신호에 맞춰 우리는 엄마를 데리고 재빨리 땅굴 안으로 도망가기로 했다. 땅굴로 피신해야 주민 인식 칩을 심은 성인도 무사할 수 있었다. DMZ에 들어오기 전에 이미 성인이었던 대장이 8년 동안 땅굴에서만 지냈던 이유이기도 했다. 땅굴을 나서기 직전 은성과 마지막으로 연락했을 때 분명 방법을 찾았다고 했다.

애타는 마음에 나도 모르게 흘낏흘낏 하늘을 쳐다보았다. 시영을 열심히 설득하던 서찬열 중령이 이상한 낌새를 느꼈는지 내 쪽으로 고개를 획 돌렸다. 그러고는 내 얼굴에 닿을 듯 바짝 다가와 찬찬히 내 얼굴을 살폈다. 온몸에 벌레가 기어가는 듯 징그럽고 끔찍했다. 입꼬리가 움찔움찔했지만 가까스로 참았다. 그런데 갑자기 그가 내 팔을 확 잡아당겼다.

"허, 아무리 줄기세포 기술로 만든 합성 피부라지만 안드로이드가 소름까지 돋는 게 말이 돼?"

중령은 의심스럽다는 표정으로 흔들리는 내 눈동자를 뚫어져라 노려보았다.

"너, 로봇이 아니구나!"

그 순간, 내 이마에서 땀이 흘러내렸다.

"너 권이담이지?"

결국 들켰다. 나는 곧바로 무너지고 말았다.

이다음 세상

나는 서찬열 중령에게 잡힌 팔을 빼내려고 버둥거렸다. 무섭게 인상 쓴 그가 뒤를 돌아보며 손전등을 흔들었다. 그러자 언덕 반대편에 숨어 있던 무장 군인들이 일제히 달려왔다. 공중에는 눈 부신 빛을 내뿜는 드론들이 위잉위잉 소리를 내며 날아들었다. 캄캄하던 언덕은 대낮처럼 환해졌다.

저들에게 잡히기 전에 도망쳐야 했다. 하지만 억센 손아귀가 니를 놓아주지 않았다. 그때 주저앉아 흐느끼고 있던 엄마가 몸을 벌떡 일으켰다. 엄마는 손에 전자 수갑을 찬 채로 서찬열 중령에게 달려들었다. 엄마가 있는 힘껏 부딪치자 그도 충격을 이기지 못하고 바닥에 나뒹굴었다.

"이담아! 도망가, 어서!"

하지만 또 혼자 갈 수는 없었다. 이번에는 어떤 일이 있어도 엄마를 구해야 한다. 나는 넘어진 엄마의 손을 꽉 잡고 일으켰다. 그 순간 무장 군인들이 우리를 둘러쌌다. 우물쭈물 서 있던 시영도 죽은 척했던 재경도 붙들려 왔다.

"이것들이 단체로 날 속여? 어이가 없네. 권이담은 그렇다 치자. 도대체 너희는 얘를 왜 도와준 거야? 너희 다 경쟁자 아니었어?"

서찬열 중령이 우리를 내려다보며 코웃음을 쳤다.

시영은 참았던 분노를 한꺼번에 터뜨리기라도 하듯 울부짖었다.

"당신이 우리 가족을 다 죽였잖아. 그것도 내 눈앞에서!"

중령이 잠깐 멈칫하더니, 허리를 숙여 시영의 얼굴을 자세히 살폈다.

"너 불법시위 하다가 붙잡힌 그 애구나. 그런데 뭘 잘못 알고 있네. 네 부모가 먼저 널 버린 거잖아. 죽여도 된다면서 말이야. 그런 널 살려 준 게 나고."

중령은 그때를 또렷하게 기억했다. 그러나 조금의 죄책감이나 후회도 찾아볼 수 없었다. 그것이 시영을 더욱 화나게 했다.

"그렇다고 다 죽여? 사람 목숨이 그렇게 하찮아?"

서찬열 중령은 표정 하나 바뀌지 않았다. 그는 중요한 사실을 알려 주기라도 하듯 우리를 둘러보며 말했다.

"사람이라고 다 같은 사람이 아니거든. 너희 그걸 아직도 몰라?"

심장이 차갑게 얼어붙는 기분이었다. 서찬열 중령과 정부가 차지한 세상에서는 소수의 특권층을 제외하고는 모두 사람이 아닌 것이다. 사람이 사람으로 살아가기 위해 계급과 권력이 필요하다는 것이 참담했다. 그걸 얻기 위해선 어떤 짓을 해도 된다는 식의 생각은 정말 역겨웠다. 이런 말도 안 되는 세상은 반드시 바뀌어야 했다.

하지만 아무리 이를 빠득빠득 갈고 몸부림쳐도 서찬열 중령에게 붙잡힌 지금의 상황은 바뀌지 않았다. 게다가 여전히 하늘에는 신호탄이 올라올 기미가 없었다. 실패를

예감하자 온몸의 기운이 빠졌다.

서찬열 중령이 입을 꽉 다물고 있는 내게 말했다.

"뭐, 시도는 좋았어. 이 계획이 네 머리에서만 나왔을 리는 없고, 반군 대장이 지시했겠지. 지금쯤 어디선가 날 보고 있을 거고 말이야."

중령은 허공을 향해 소리쳤다.

"'천사의 별' 유전정보를 지금 당장 가져오지 않으면 제일 먼저 권이담부터 죽이겠다! 그리고 네 부하들을 하나하나 찾아서 다 죽일 거야!"

서찬열 중령은 옆에 서 있던 군인에게서 레일건을 빼앗았다. 그러고는 내 머리에 겨누었다. 차가운 총구가 섬뜩했다. 이대로 끝이었다. 위험하고 무모한 내 계획 때문에 다음 세상을 열기는커녕, 엄마와 친구들도 지키지 못했다. 분하고 미안해서 눈물이 흘러나왔다. 약한 모습을 보이지 않으려고 눈을 질끈 감았다.

"잠깐만! 여기 진짜 로봇을 데려왔어."

멀리서 대장의 목소리가 들렸다. 눈을 뜨고 보니 언덕 중간쯤에 대장의 휠체어가 모습을 드러냈다. 그의 무릎에는 오늘이가 얌전히 앉아 있었다.

"아, 안 돼요! 오늘이를 넘겨줘선 안 돼요!"

다급하게 외쳤지만, 중령은 닥치라며 들고 있던 레일
건으로 내 어깨를 내리찍었다. 불에 덴 듯한 뜨거운 아픔
이 몰려들었다. 바닥에 쓰러진 나는 오늘이의 눈동자를
떠올렸다.

'맑고 순수했던 오늘이. 꼭 지켜 주겠다고 약속했는
데…….'

눈물 때문에 자꾸 눈앞이 흐려졌다.

천천히 다가오던 대장의 휠체어가 가파른 경사 때문에
멈추었다. 잠시 뒤 위잉 소리가 나더니 휠체어가 모습을
바꾸었다. 무너진 땅굴의 좁은 틈새를 지나기 위해 휠체
어가 수직으로 길게 변형됐던 것이 생각났다. 아니, 그때
보다 더욱 복잡한 장치들이 달려 있는 것 같았다. 대장은
오늘이를 안은 채 오르막을 미끄러지듯 올라왔다.

서찬열 중령은 곧 '천사의 별' 유전정보를 손에 넣을 수
있다는 생각에 잔뜩 흥분한 모습이었다. 대장과 오늘이의
얼굴을 확인할 수 있을 정도로 가까워졌다.

그는 혼잣말처럼 중얼거렸다.

"날 완전히 속였군. 로봇이 아직 일곱 살 때 모습 그대

로일 줄이야."

그런데 뭔가 이상했다. 잠시도 가만히 있지 않고 뛰어다니던 오늘이가 기절이라도 한 듯 움직이지 않았다. 게다가 대장이 이렇게 쉽게 오늘이를 내줄 리가 없었다. 대체 무슨 일인지 몰라 멈칫하는 사이, 마침내 대장과 서찬열 중령은 서로를 마주 보았다.

대장은 차가운 눈빛으로 말했다.

"서찬열. 옛 동료를 보고 인사 한마디 없어?"

"누가 동료였다고 그래? 쓸데없는 말 하지 말고 로봇이나 넘겨."

대장은 잠시 오늘이를 내려다보더니, 고개를 저었다.

"그럴 수는 없지."

"뭐?"

대장은 손을 들어 하늘로 신호탄을 쏘아 올렸다. 동시에 내게 소리쳤다.

"뛰어! 마지막 작전 개시야!"

그 말과 동시에 까만 밤하늘에 주황색 신호탄이 긴 꼬리를 그리며 선명하게 솟아올랐다.

은성이가 방해전파를 복구했다는 뜻이다. 이제 삼 분

후면 방해전파가 이곳에 있는 성인들에게 치명상을 입힐 것이다. 그 전에 엄마를 데리고 빨리 피해야 한다. 나는 황급히 몸을 일으켜 엄마의 손을 잡았다. 하지만 우리를 포위하고 있던 무장 군인들을 뚫을 수가 없었다. 이래서는 시간 안에 땅굴로 피신하지 못할지도 모른다. 긴장감으로 온몸의 근육이 경직되는 느낌이었다.

그때 대장의 휠체어가 다시 한번 요란한 소리를 내더니 웨어러블 슈트처럼 몸에 딱 맞게 변형됐다. 전투 로봇이라도 된 듯 대장은 무서운 속도로 우리를 포위한 무장 군인들에게 달려들었다. 겁먹은 군인들이 레일건을 마구 쏘아 댔지만, 슈트는 총알을 튕겨 냈다.

하지만 총알을 맞을수록 대장의 얼굴은 창백해졌고 속도가 느려졌다. 오래 버티지는 못할 것 같았다. 나는 여전히 서찬열 중령을 노려보는 시영에게 소리쳤다. 시영은 그를 공격할 방법을 찾기 위해 두리번거리기까지 했다. 그 마음을 모르는 것은 아니지만 지금은 여기서 벗어나는 게 우선이었다.

"시영이, 정신 차려! 빨리 가야 해!"

대장 덕분에 마침내 포위망이 뚫렸다. 그 틈으로 재경

이 먼저 빠져나갔고, 나도 엄마의 손을 잡고 달렸다. 시영
도 입술을 꽉 깨물고는 뒤를 따랐다. 우리는 언덕을 구르
다시피 내려갔다. 저만치에서 땅굴 입구가 보였다. 이제
조금만 더 가면 되었다.

그런데 그때 머리 위로 총알이 날아갔다. 놀라서 뒤를
돌아보니 서찬열 중령이 우리를 쫓아오고 있었다. 아무리
최첨단 웨어러블 슈트를 입었어도 대장 혼자 수십 명을
막아 내기는 힘들었을 것이다.

다음 순간, 다시 총알이 날아왔다. 갑자기 엄마가 앞으
로 푹 고꾸라졌다. 총알이 스쳤는지 왼쪽 종아리에서 피
가 배어 나왔다. 엄마는 빨리 피하라며 나를 떠다밀었다.
바로 코앞에 땅굴이 있는데 지금에 와서 포기할 순 없었
다. 나는 힘겹게 엄마를 일으켰다. 하지만 내 힘으로는 엄
마를 부축하면서 뛸 수는 없었다.

그때였다. 땅굴 입구 쪽에 해우가 보였다. 해우는 겁내
는 기색도 없이 빠르게 달려왔다. 그러고는 엄마를 들쳐
업었다.

"시간이 없어. 빨리! 빨리!"

헉헉거리면서 해우는 '빨리빨리'란 말만 반복했다. 고

맙다는 말도 하지 못한 채 달리는 데 집중했다. 그런데 총알이 쏟아질 거라는 예상과 달리 사위가 이상하게 조용했다.

뒤돌아본 나는 눈시울이 뜨거워졌다. 대장과 서찬열 중령이 넘어진 채 한데 엉켜 있었다. 중령을 넘어뜨린 대장이 그가 움직이지 못하게 다리를 꽉 끌어안은 모습이었다. 에너지를 다 쓴 웨어러블 슈트는 벗어 버린 채 맨몸이었다. 중령이 몸부림을 치며 벗어나려 했지만 대장은 끈질기게 버텼다.

그 뒤로는 무장 군인들이 떼 지어 달려오고 있었다. 시간이 없는데. 다리도 성치 않은 대장 혼자 빠져나오기는 무리였다. 이대로 두면 대장이 위험했다. 나는 대장에게 가기 위해 몸을 돌렸다.

대장은 벗어나려고 안간힘을 쓰는 중령을 꽉 끌어안고는 소리쳤다.

"이담아! 어서 가! 이게 내가 마지막으로 해야 할 일인 것 같아."

'그게 무슨 소리야? 마지막 할 일이라니?'

심장이 툭 내려앉았다.

해우가 날 향해 다급하게 소리쳤다.

"권이담, 정신 차려! 널 무사히 데려가겠다고 대장이랑 오늘이한테 약속했다고. 네가 이러면 모든 게 소용없어진단 말이야!"

'대장은 처음부터 이걸 각오했던 거야? 오늘이는 또 왜?'

하지만 더 생각할 겨를이 없었다. 동쪽 하늘에서 눈부신 하얀 빛이 다가오고 있었다. 방해전파가 DMZ의 하늘을 돔처럼 덮어씌우는 중이었다. 나는 이를 악물고 땅굴로 뛰어들었다. 그리고 그 순간 방어막이 완성됐다.

안도의 한숨을 내쉬려는 찰나, 등 뒤에서 대장의 외침이 들려왔다.

"서찬열, 넌 나와 함께 가자. 가서 네가 배신한 동료들에게 사죄해!"

대장의 말이 끝나기가 무섭게 치지직, 하고 무언가 감전되는 소리와 작은 폭발음이 연이어 들렸다. 방해전파가 주민 인식 칩에 오류를 일으키기 시작한 것이다.

땅굴 입구에 선 나는 대장에게 가까이 갈 수 없어 초조한 마음으로 언덕을 바라보았다. 군인들이 무기를 놓친 채 땅으로 픽픽 쓰러졌다. 하늘을 날던 드론들이 일제히 추락했다. 첨단 무기들은 폭발음을 내며 터지고 불탔다. 누군가는 고통스러운 듯 몸을 뒤틀었고 이미 심장이 멈췄는지 더는 움직이지 않는 사람도 있었다. 간신히 기어서 도망가는 사람도 보였다. 빨리 숲에서 벗어나지 않으면 저들 역시 어찌 될지 모른다.

방어막의 위력을 직접 눈으로 보니 온몸이 떨렸다. 아무리 적이라고 해도, 죽음의 순간을 직면하는 것은 끔찍했다. DMZ는 황폐한 세상에서 유일하게 생명이 살아가는 숲이었다. 왜 여기서 누군가가 계속 죽어야 하는지 내 머리로는 도저히 이해할 수가 없었다.

불과 몇 분 후, 아무 소리도 들리지 않았다. 사방이 깜깜해졌고 더는 움직이는 사람도 없었다.

엄마가 절뚝거리며 오더니 내 어깨에 손을 올렸다.

"난 괜찮으니, 네가 걱정하는 사람들에게 어서 가 봐."

나는 두 주먹을 꽉 쥐고 뛰어나갔다. 입구에서 채 10미터도 되지 않은 곳에 대장이 쓰러져 있었다. 끝까지 서찬열 중령을 놓치지 않으려는 듯 팔로 꽉 끌어안은 채였다. 끔찍한 공포와 고통으로 일그러진 중령의 몸에서는 흰 연기가 솟아오르고 있었다. 인식 칩이 쇼크를 일으켜 심장이 멈춘 듯했다.

대장도 숨을 쉬지 않았다. 흐윽. 꽉 다문 내 입술에서 울음이 새어 나왔다. 언제 왔는지 시영이 옆에 섰다. 시영은 중령의 죽음을 확인하고는 나지막하게 한숨을 쉬었다. 웃는 건지 우는 건지 모를 표정이었다. 복수했다고 기뻐하기에는, 너무 많은 죽음이 눈앞에 펼쳐져 있었다. 세상을 바꾸기 위해 온 생을 바친 대장은 이다음 세상은 보지 못하고 죽고 말았다. 그게 억울해서일까, 대장의 두 눈은 부릅떠 있었다. 나는 겨우 눈물을 삼키고는 무릎을 꿇었다. 대장의 눈을 감겨 주기 위해서였다. 가슴이 미어지는 것 같았지만, 간신히 손을 내밀었다.

"그냥 둬."

해우의 목소리가 바로 뒤에서 들려왔다. 내가 돌아보자 해우가 물기 가득한 눈으로 말했다.

"대장이 그렇게 보고 싶어 하던 하늘이야. 오늘이를 데리고 땅굴 밖으로 나가면서 대장이 그랬어. 8년 만에 겨우 밤하늘을, 별을 볼 수 있게 됐다고 말이야. 그렇게 환히 웃는 얼굴은 처음이었어."

그 말에 대장의 얼굴을 다시 보았다. 억울해서 눈을 부릅뜬 게 아니었다. 대장의 눈은 별빛이 반짝이는 밤하늘에 고정돼 있었다. 그의 입가에는 부드러운 미소가 걸려 있었다. 나는 대장이 마지막까지 눈에 담았을 하늘을 올려다보았다. '천사의 별'을 지키기 위해 그동안 포기한 것들, 별과 바람 그리고 자유와 평온 같은 것을 떠올렸다. 이제라도 마음껏 누릴 수 있기를 바랐다.

"아, 맞다! 오늘이!"

해우의 말대로라면 대장이 오늘이를 데리고 땅굴을 나왔다. 언덕 위에서 대장에게 안겨 있던 건 진짜 오늘이가 틀림없다는 이야기다. 방해전파는 로봇에게도 치명적일 텐데, 가슴이 철렁했다. 나는 허겁지겁 언덕길을 뛰어 올라갔다. 쓰러진 군인 사이에서 오늘이의 자그마한 몸이 보였다. 치열한 전투가 벌어진 탓에 오늘이의 몸도 여기저기 부서지고 성한 데가 없었다. 조금 전까지만 해도 여기저기 활보하던 아이인데 마음이 아팠다. 나는 무릎을 굽히고 축 늘어진 오늘이를 품에 안았다.

"오늘아, 오늘아! 많이 다친 거야? 눈 좀 떠 봐, 응?"

아무리 흔들어도 오늘이는 반응이 없었다.

"이담아, 그만 돌아가자. 오늘이는…… 여기에 없어."

나를 따라온 해우가 내 어깨에 손을 올리며 말했다. 무슨 일인지 착 가라앉은 목소리였다.

"그게 무슨 말이야? 그냥 고장이 난 것뿐이잖아. 은성이가 고칠 수 있을까? 그럴 수 있겠지, 그렇지?"

애타는 질문에도 해우는 대답이 없었다. 그저 내 품에 있는 오늘이를 두 팔로 안아 올리고는 언덕을 내려갔다. 무슨 일이냐며 몇 번이나 물었지만, 해우는 가 보면 안다는 말만 했다.

해우의 뒤를 따라가던 나는 부대장이 반군 몇 명과 슬픈 얼굴로 대장의 곁에 서서 묵념하는 것을 보았다. 다시금 슬픔에 목이 멨지만, 오늘이의 상태를 빨리 확인하고 싶었다.

땅굴 입구에서는 다리를 다친 엄마가 나를 기다리고 있었다. 나는 엄마의 품으로 와락 뛰어들었다. 엄마는 내 얼굴을 쓰다듬으며 고생시켜서 미안하다는 말만 되풀이했다. 나는 다친 엄마를 부축하며 땅굴로 들어갔다.

우리가 D구역 중앙 컨트롤 센터로 들어서자, 은성과 아이들이 환호하며 다가왔다. 센터 중앙에는 슈퍼컴퓨터가 파란빛을 내며 가동 중이었다. 그 빠듯한 시간에 복구하다니 정말 대단했다. 나는 숨 돌릴 틈도 없이 은성에게 다가갔다.

"은성아! 오늘이가 고장 났어. 슈퍼컴퓨터도 복구시킨 솜씨니까 오늘이는 금방 고칠 수 있겠지?"

은성이는 주춤하더니, 왠지 우는 듯한 표정이 됐다.

"미안해. 오늘이를 끝까지 지키지 못했어."

"그게 무슨 말이야?"

은성은 붉어진 눈으로 날 마주 보았다.

"아무리 해도 슈퍼컴퓨터가 재가동되지 않았어. 일반 CPU 여러 개를 연결하는 걸로는 어림도 없더라고. 모두 이 계획은 실패라며 좌절하고 있는데 오늘이가 그러더라. 여기서 성능이 제일 좋은 건 자기니까, 자기가 직접 시스템을 작동시켜 보겠다고. 그게 아빠가 이다음 세상을 위해 오늘이가 필요하다고 말했던 이유일 거라고. 그러고는 자기 본체를 버리고 슈퍼컴퓨터의 시스템 안으로 옮겨 갔어. 스스로 방어막이 된 거지."

방해전파 시스템을 가동하느라 다른 기능은 모두 포기할 수밖에 없었다고 했다. 더 이상 오늘이는 세상을 직접 보고 듣고 말할 수 없게 됐다. 나는 입술이 떨렸다.

눈물이 쏟아질 것 같은 그때 엄마가 다친 다리로 절뚝거리며 내게 다가왔다.

"오늘이가 아빠가 만든 안드로이드인 거지? '천사의 별' 정보를 저장하고 있을 테고 말이야. 아무리 로봇이라도 자기 존재를 버리는 건 쉽지 않았을 텐데. 정말 고마운 아이구나. 그 덕분에 '천사의 별' 이식 프로젝트를 시작할 수 있게 됐어."

엄마는 목에 걸고 있던 펜던트를 빼서 내게 건네주었다. '천사의 별' 모양의 펜던트는 내 손안에서 붉은빛을 냈다. 이 안에 새로운 세상으로 가는 열쇠가 들어 있을 터였다.

센터에 있는 사람들의 시선이 일제히 펜던트에 쏠렸다. 지금껏 이 순간을 위해 싸워 왔던 사람들이다. 그들의 얼굴에는 순수한 기쁨과 함께하지 못한 이들에 대한 슬픔이 동시에 떠올랐다. 나 역시 아빠와 대장 그리고 수없이 스러져간 이름 모를 반군들, 마지막 순간 자신을 내어 준 오늘이의 얼굴이 생각났다. 가슴이 먹먹했지만 그건 슬퍼서만은 아니었다.

더는 같이할 수 없지만, 오히려 하나로 연결된 느낌이

들었다. 그들이 어떤 꿈을 꾸었는지 알기 때문이다. 이제 그것은 나의 꿈이기도 했다. 모두의 꿈을 담은 펜던트가 환하게 빛났다.

*

캄캄한 어둠이 조용히 내려앉았다. 깨지고 금 간 아스팔트를 걷는 내 발소리만 크게 울렸다. 도로 양옆으로는 말라 죽은 나무들이 을씨년스럽게 서 있었다. 생명을 가진 모든 것이 이곳을 떠난 지 오래였다.

나는 가쁜 숨을 고르며 허리를 폈다. 고개를 살짝 들자 과거 서울의 랜드마크였던 남산서울타워가 바로 머리 위에 보였다. 민둥산 위에 홀로 서 있는 불 꺼진 타워는 보름달 아래 스산한 분위기를 풍겼다. 저곳이 우리의 최종 집결지였다.

타워로 연결되는 가파른 계단을 오르며 나는 과연 몇 명이나 돌아올지 생각했다. 하지만 곧 고개를 흔들었다. 설령 이곳에 온 게 나 혼자라고 해도 어쩔 수 없었다. DMZ에서 가까스로 살아남은 것이 불과 한 달 전이었으니까.

방해전파가 복구되면서 DMZ는 또다시 '천사의 별'을 지키는 요새가 되었다. 이후 전력도 안정되고 안개 포집 시스템도 다시 가동되면서 지하 농장도 정상으로 돌아왔다. 그러는 동안 해우는 버려진 마을에서 태기 오빠를 데려왔다. 얼굴이 좀 핼쑥해졌을 뿐, 다행히 상처의 염증은 심해지지 않았다. 태기 오빠는 조금만 더 늦었으면 귀신이 될 뻔했다며 너스레를 떨었다.

많은 것이 제자리로 돌아왔지만, 우리에게는 DMZ 바깥에서 해결해야 할 숙제가 남아 있었다. '소년들의 날'에서 우승하면 하려던 일을 이제는 스스로 해결하기로 했다. 우리는 남쪽의 접경지대로 통하는 비상 탈출구를 통해 전국으로 흩어졌다. DMZ로 다시 돌아오고 싶은 사람은 보름달이 뜨는 날 남산서울타워로 모이라는 약속을 한 채로.

나는 빈민가에 살고 있는 엄마의 숨은 동료들에게 메시지를 전달하는 임무를 맡았다. 이제부터 '천사의 별' 이식 프로젝트를 시작할 테니 바깥에서 도와달라는 내용이었다. 그들이 실제로 도와줄지는 알 수 없었다. 그러나 정부의 독재에 지친 사람이 많아지는 것만은 확실했다.

임무를 끝낸 나는 서둘러 타워로 향했다. 흩어진 친구들이 얼마나 돌아올지 전혀 가늠되지 않았다.

마침내 계단이 끝나자 작은 광장이 보였다. 눈을 가늘게 뜨고 살펴봤지만 사람의 그림자는 찾아볼 수 없었다.

나는 조그맣게 한숨을 내쉬고는 전망대 난간에 섰다. 대가뭄 때문에 메마르고 뒤틀린 채 버려진 도시가 흉물스럽게 펼쳐져 있었다. 돔팰리스에 사는 특권층을 제외하고 여전히 많은 사람이 갈증으로 고통받고 있다. 나는 한때 푸른 산과 한강이 반짝였다는 서울 시내를 내려다보았다. 반드시 저곳에 '천사의 별'이 뿌리내릴 수 있도록 하겠다고. 그래서 더는 물 때문에 차별받는 사람이 없도록 하겠다고 다짐했다.

"혼자라도…… 기운 내자!"

우울을 떨쳐버리려는 듯 일부러 혼잣말을 크게 했다. 그러자마자 누군가의 목소리가 날아들었다.

"진짜 혼자 가려고? 이거 섭섭한데."

황급히 뒤돌아보니 해우가 웃으며 서 있었다. 해우는 태기 오빠와 힘께 동생을 찾으러 갔었다. 눈물 나게 반가웠지만, 그런 한편으로 걱정이 됐다.

"동생은 어쩌고 여길 왔어?"

"태기 형이 돌봐 주기로 했어. 다리를 회복하기 어렵다는 진단을 받았는데도 오히려 잘됐다며 자기는 반군 대신 좋은 형이 되겠대. 성진이 할머니는…… 두 달 전에 돌아가셨더라. 묘지에 가서 인사만 하고 왔어."

그 말을 하며 침울해진 해우에게 다가가 어깨를 토닥여 주었다. 이제부터는 더 많은 사람의 삶을 위해 싸워야 한다. 기운 빠져 있을 수만은 없었다. 나는 애써 밝은 척 말을 꺼냈다.

"그나저나 동생 보고 싶지 않겠어?"

"빨리 이식 프로젝트를 완성하면 되지. 동생이 마음껏 물을 마실 수 있는 세상을 만들고 싶어."

어느새 같은 꿈을 꾸게 된 우리는 얼굴을 마주 보며 웃었다. 그런데 해우의 뒤로 누군가 헐레벌떡 뛰어오는 것이 보였다.

"나 빼고 가려는 거 아니지? 나보다 똑똑한 애 찾기 힘들 텐데."

헉헉거리며 내 앞에 선 은성을 보자 눈물이 핑 돌았다.

나도 모르게 은성을 와락 껴안았다. 은성이 합류해 준다면 정말 든든할 것 같았다.

"어떻게 된 거야? 엄마, 아빠한테 간 거 아니었어?"

"생각보다 두 분 잘 살고 계시던데? 그리고 시영이가 빈민가에서 자리 잡도록 도와줬어. 걔, 그 동네는 정말 꽉 잡고 있더라고."

"시영이가?"

"응. 같이 돌아가자고 하니까 싫다고 하더라. 실수였지만 세진이가 그렇게 죽은 게 마음에 걸리는 모양이야. 재경이가 자길 보고 싶어 하겠냐고."

시영이 그런 생각까지 하는 줄은 몰랐다. 여섯 번째 '소년들의 날'의 생존자이자 반역자인 우리는 정부의 지명수배자가 됐다. 준수와 재경은 평생 쫓겨 사느니 DMZ 안에 남겠다고 말했다. 시영이 오지 않는 게 정말 재경 때문인지, 그저 반군이 되는 게 싫어서인지는 알 수 없었다. 하지만 왠지 무척 아쉬웠다.

해우가 내 어깨에 팔을 두르며 말했다.

"이만 가자. 시영이는 언제고 다시 만날 날이 있을 거야."

하긴, 시영 또한 누구보다도 지금의 세상을 끝장내고 싶어 했다. 우리가 어디에 있든, 같은 목표를 가지고 있다면 다시 함께할 날이 올 것이다.

나와 해우, 은성이는 나란히 걷기 시작했다. 혼자 올라올 때는 을씨년스럽게만 느껴졌던 남산서울타워가 보름달 아래 환하게 빛나는 듯했다. 그리고 그 순간 뭔가가 보이는 것 같았다. 대가뭄의 시대가 끝나고 투명하게 반짝이는 한강과 짙푸른 산이, 눈부시게 웃는 사람들이. 그 세상은 정말 아름다웠다.

나는 결심했다. 그것이 한낱 환상으로 끝나지 않도록 몇 번이고 다시 일어나 싸우겠다고. 이다음 세상을 여는 그날까지 절대 지치지 않겠다고.

작가의 말

이야기를 쓸 때 어떤 이야기는 처음과 끝을 결정하고 시작하는가 하면, 어떤 이야기는 끝을 모른 채 달려가기도 한다. 『DMZ 천사의 별』은 후자였다.

사실 처음 이 이야기의 배경은 화성이었다.

화성 테라포밍 프로젝트의 초기 탐험자 그룹에서 살아남은 한 소녀가 변해 버린 지구에 와서 '소년들의 날'에 참가하는 내용이었다. 우주를 오가며 스케일은 커졌고, 소녀는 점점 슈퍼히어로가 되어 갔다. 이야기는 갈 곳을 잃은 채 표류했다.

그러다 누군가 툭 던진 말 한마디가 전환점이 됐다. 내가 예전에 DMZ에 관한 논픽션을 썼다는 것을 알고는 DMZ를 배경으로 소설을 써 보라는 제안이었다.

갑자기 머리에 전율이 일었다. 내내 날 괴롭게 하던 화성 이야기의 배경을 DMZ로 바꾸면 어떨까, 하는 생각이 들어서였다. 심장이 쿵쿵거렸다. 마치 영화처럼 장면들이 떠오르기 시작했다. 지뢰가 터지고, 무서운 맹수가 달려드는 미스터리한 숲. 그리고 거기서 살아남기 위해 고군분투하는 아이들의 처절한 생존 게임. 스릴과 액션이 가득한 멋진 이야기를 쓸 수 있을 것 같았다.

하지만 원고를 완성해서 드렸더니 편집팀에서는 '생각보다 말랑말랑하네요'라는 반응을 보였다. 그러고 보니 명색이 생존 게임인데, 등장인물 대부분이 끝까지 살아남아 있었다.

이 이야기의 결말이 이렇게 된 것은 주인공의 변화를 지켜보면서 작가인 내 생각도 변했기 때문이다. 온갖 고난을 극복하고 최종 우승자가 돼야 하는 주인공 이담이 경쟁자를 친구로 받아들였다. 그들의 이름과 사정을 알게 되고, 더는 죽는 사람이 없기를 바랐다. 모두가 살아남는 방법을 찾기 위해 더 거대한 적과 맞섰다. 그러니까 이 이야기는 혼자 살아남는 이야기가 아니라, 함께 살아남는 이야기로 변화하게 된 것이다.

이담과 친구들이 '함께'하기를 선택하면서 우승자는 한 명뿐이라는 '경쟁의 룰'을 아예 바꾼 것이다. 아무리 이담이 뛰어난 능력과 주인공의 운명을 가졌어도 혼자 힘으로는 정부군에 맞서지 못했을 것이다. 재경과 시영이 각자 맡은 역할을 해 주었고, 해우와 은성이 힘을 보탰다. 모두가 서로를 믿고 자신이 제일 잘 할 수 있는 일을 한 것이다.

결국 이 이야기는 '함께'에 관한 것이다. 서로의 이름을 알아가고, 간절한 사연에 공감하고, 모두가 소중한 존재라는 것을 깨달았기에 가능한 일이었다.

나는 처음의 구상과 달라진 이 결말이 마음에 든다. '함께'를 선택했기에 '이다음'을 향해 전진할 수 있게 됐으니까. 이담과 친구들이 부조리한 세상을 바꾸기 위해 함께 싸우는 장면을 상상해 본다. 이 이야기 또한 스릴과 모험이 넘치지만, 다정한 사람들이 많이 등장할 것 같다. 여기서 '다정함'은 정이 많다는 의미를 넘어 다른 사람에게 공감하고 '우리'를 생각할 줄 안다는 뜻이다.

경쟁이 일상이 돼 버린 요즘이야말로 이 단어가 필요한 때가 아닐까 생각을 한다. 친구를, 동료를, 이웃을 경쟁자로만 생각하면 1등을 하지 못한 내가 비참하고 불행해지니까. 그보다는 1등만 행복하다는 세상의 룰에 의심을 품은 사람이 많아지면 좋겠다. 그리고 모두가 행복할 수 있는 방법을 찾으려 '함께' 노력하는 날이 언젠가는 오길 바란다.

마지막으로 지금 당장 '함께' 노력해야 할 일이 있다는 말을 해야겠다.

이 이야기의 배경이 되는 '대가뭄 시대'는 현재 지구에 닥친 수많은 기후 재앙 시나리오 중 하나다. 가뭄과 폭염, 대형 산불과 같은 기후 재앙은 벌써 세계 곳곳에서 벌어지고 있다. 지구온난화를 지금 막지 않으면 시나리오는 현실이 될지 모른다는 두려운 예측도 속속 나오고 있다. 하지만 그 모든 예측이 공통으로 하는 말이 있다. 우리가 함께, 지금 당장 행동에 나선다면 바꿀 수 있다고.

이 책에 등장하는 디스토피아가 이야기로만 머물길 간절히 바란다.

이 책에 조언과 충고를 아끼지 않은 한정영 작가님과 동료들에게 고마움을 전한다. 출간되기까지 험난한 과정을 함께해 준 편집팀께도 감사드린다. 끝으로 늘 응원해 주는 가족과 내 인생의 가장 반짝이는 별인 딸에게 사랑을 전한다.

2022년 11월

박미연

DMZ 천사의 별 2

© 박미연, 2022

초판 1쇄 인쇄일 2022년 11월 4일
초판 1쇄 발행일 2022년 11월 18일

지은이   박미연
펴낸이   강병철
편집   최웅기 박혜진 정사라
디자인   연태경 서은영
마케팅   최금순 오세미 공태희
제작   홍동근

펴낸곳   이지북
출판등록   1997년 11월 15일 제105-09-06199호
주소   (04047) 서울시 마포구 양화로6길 49
전화   편집부 (02)324-2347, 경영지원부 (02)325-6047
팩스   편집부 (02)324-2348, 경영지원부 (02)2648-1311
이메일   ezbook@jamobook.com

ISBN   978-89-5707-282-0 (44810)
       978-89-5707-280-6 (Set)

잘못된 책은 교환해 드립니다.

"콘텐츠로 만나는 새로운 세상, 콘텐츠를 만나는 새로운 방법, 책에 대한 새로운 생각"
이지북 출판사는 세상 모든 것에 대한 여러분의 소중한 콘텐츠를 기다립니다.